Bianca

UNA OFERTA INCITANTE
Emma Darcy

Editado por Harlequin Ibérica.
Una división de HarperCollins Ibérica, S.A.
Núñez de Balboa, 56
28001 Madrid

© 2012 Emma Darcy
© 2019 Harlequin Ibérica, una división de HarperCollins Ibérica, S.A.
Una oferta incitante, n.º 2710 - 26.6.19
Título original: An Offer She Can't Refuse
Publicada originalmente por Harlequin Enterprises, Ltd.
Este título fue publicado originalmente en español en 2012

I.S.B.N.: 978-84-1307-744-4
Depósito legal: M-13472-2019
Impresión en CPI (Barcelona)
Fecha impresion para Argentina: 23.12.19
Distribuidor exclusivo para España: LOGISTA
Distribuidor para México: Distibuidora Intermex, S.A. de C.V.
Distribuidores para Argentina: Interior, DGP, S.A. Alvarado 2118.
Cap. Fed./Buenos Aires y Gran Buenos Aires, VACCARO HNOS.

Capítulo 1

E S COMO la vela de un barco, mamá! –exclamó Theo cuando llegaron al edificio más famoso de Dubái, el hotel Burj al-Arab, el único hotel de siete estrellas del mundo.

Tina Savalas sonrió, mirando a su precioso hijo de cinco años.

–Sí, es verdad.

Construido en una isla artificial, la enorme estructura blanca tenía la elegancia de una gigantesca vela movida por el viento. Su hermana, Cassandra, le había dicho que era absolutamente fabuloso, algo que tenían que ver mientras estaban en Dubái, de paso hacia Atenas.

En realidad, alojarse en el hotel costaba miles de dólares por noche y solo los multimillonarios, para quienes el precio era irrelevante, podían permitírselo. Gente como el padre de Theo. Sin duda, Ari Zavros habría ocupado una de las lujosas suites con mayordomo privado mientras iba de Australia a Grecia, olvidando por completo su «encantador episodio» con ella.

Tina intentó apartar de sí tan amargo pensamiento. Ari Zavros la había dejado embarazada, pero era culpa suya. Había sido una ingenua al creer que estaba tan enamorado como lo estaba ella. Además, ¿cómo iba a lamentar haber tenido a su hijo?

Theo era el niño mas adorable del mundo y, de vez en cuando, pensar en todo lo que Ari estaba perdiéndose le daba una perversa satisfacción.

El taxi se detuvo en la entrada de seguridad, donde varios empleados se encargaban de que solo entrasen los clientes, y su madre sacó la reserva que demostraba que iban a tomar el té allí. Bueno, en realidad no era un té, sino un almuerzo completo. Incluso eso costaba ciento setenta dólares por persona, pero habían decidido que era una experiencia única en la vida.

El guardia de seguridad le hizo un gesto al taxista para que atravesara el puente que llevaba a la entrada del hotel.

–¡Mira, mamá, un camello! –gritó Theo.

–Sí, cariño, pero no es de verdad. Es una estatua.

–¿Puedo sentarme en él?

–Preguntaré si puedes hacerlo, pero más tarde, cuando nos marchemos.

–Y hazme una foto para que pueda enseñársela a mis amigos –insistió el niño.

–Tendrás montones de fotos que enseñar de este viaje –le aseguró Tina.

Bajaron del taxi para entrar en un vestíbulo fabuloso, tanto que se quedaron parados mirando los techos artesonados y las enormes columnas. Había balcones en cada planta, pero tantos que no podían contarlos.

Los techos estaban pintados en azul agua, verde y dorado, con miles de lucecitas incrustadas que titilaban como estrellas.

Cuando por fin bajaron la cabeza, delante de ellos y dividiendo dos grupos de ascensores, había una maravillosa cascada de fuentes con los mismos colores que el techo. Los ascensores estaban flanqueados por enormes acuarios de peces tropicales que nadaban entre las rocas y el follaje acuático.

–¡Mira los peces, mamá! –exclamó Theo.

–Esto es asombroso –murmuró la madre de Tina.

–Desde luego –asintió ella.

–A tu padre siempre le gustó la arquitectura del viejo mundo. En su opinión, nada podía ser más hermoso que una catedral o un palacio europeo, pero esto es absolutamente espléndido. Ojalá pudiese verlo...

Su padre había muerto un año antes y su madre seguía llevando luto. Y Tina también lo echaba de menos. A pesar de haberle dado un disgusto al quedar embarazada sin haberse casado, su padre la había apoyado y había sido un maravilloso abuelo para Theo, orgulloso de que le hubiera puesto su nombre.

Era una pena que no hubiese vivido lo suficiente para ver a Cassandra casada. Su hermana mayor lo había hecho todo bien: había tenido éxito en su carrera como modelo sin dar nunca el menor escándalo, se había enamorado de un fotógrafo... griego, además, que quería que su boda tuviese lugar en Santorini, la más romántica de las islas griegas.

Su padre se habría sentido orgulloso de llevar a Cassandra, su «hija buena», al altar. Pero al menos la «hija mala» le había dado la alegría de llevar un hijo a la familia. No tener hijos varones había sido una desilusión para él, pero Tina se decía a sí misma que lo había compensado con Theo. Y ella lo había ayudado mucho en el restaurante, haciendo las cosas como las hacía él cuando se puso enfermo.

Pero, aunque creía haberse redimido a ojos de su padre, no podía olvidar la pena de haberse entregado a Ari Zavros y que él se hubiera marchado sin mirar atrás. Solo Theo había conseguido que no se hundiera.

Él hacía que la vida mereciese la pena. Además, había muchas cosas de las que disfrutar... como aquel fabuloso hotel, por ejemplo.

El ascensor los llevó al Bar SkyView, en el piso veintisiete, y atravesaron un corredor de mosaicos con una interminable alfombra en forma de pez. Su madre iba señalando los jarrones con rosas colocados por todas partes, cientos de ellas...

Todo era increíblemente opulento, increíblemente fabuloso.

En el vestíbulo fueron recibidos por un empleado que los llevó al salón de té. Allí la decoración era en tonos verdes y azules con cenefas blancas, como si fueran blancas crestas de olas. Fueron sentados en cómodos sillones cerca de un ventanal desde el que había una fabulosa vista de la ciudad de Dubái y la isla de Palm Jumeirah, donde los más ricos del mundo tenían mansiones frente al mar.

Nada que ver con Sídney, pensó Tina. Pero aquel día estaba disfrutando de aquella vida de ensueño, se dijo, sonriendo al camarero, que les ofrecía una carta interminable.

Tina no sabía si iba a poder comer tanto, pero estaba decidida a disfrutar todo lo posible.

Su madre estaba sonriendo.

Theo no dejaba de mirar por la ventana, entusiasmado.

Aquel era un buen día.

Ari Zavros estaba aburrido. Había sido un error pedirle a Felicity Fullbright que lo acompañase a Dubái aunque, por otra parte, eso había dejado claro que no podría soportarla como compañera durante mucho tiempo. Felicity *tenía* que hacer ciertas cosas y no había manera de convencerla de lo contrario. Como, por ejemplo, tomar el té en el hotel Burj al-Arab.

–He tomado el té en el Ritz y el Dorchester en Londres, en el Waldorf Astoria en Nueva York y en el Empress de Vancouver. No puedo perderme este hotel –había insistido–. Además, la mayoría de los jeques han sido educados en Inglaterra, ¿no? Seguramente saben más de té que los propios ingleses.

Nada de relajarse entre conferencias sobre el proyecto de construcción en Palm Jumeirah, pensó Ari. No, tuvieron que visitar la famosa pista interior de esquí, el acuario Atlantis y, por supuesto, las tiendas en las que Felicity esperaba que le comprase todo lo que se le antojaba.

No se contentaba con su compañía y Ari estaba harto de ella. Lo único bueno de Felicity Fullbright era que al menos en la cama cerraba la boca.

Por eso le había pedido que lo acompañase a Dubái, pero la esperanza de que fueran compatibles en

otros aspectos se había ido por la ventana prácticamente en cuanto subieron al avión.

Lo bueno de Felicity no compensaba lo malo y
estaba deseando librarse de ella. Una vez que llegasen a Atenas, la enviaría de vuelta a Londres para
no volver a verla nunca más. No pensaba invitarla
a la boda de su primo en Santorini. Su padre podía
protestar todo lo que quisiera sobre su soltería; no
iba a casarse con la heredera Fullbright.

Tenía que haber alguna mujer en el mundo a quien
pudiese tolerar como esposa, pero debía seguir buscando.

Su padre tenía razón: era hora de que formase
una familia. Además, él quería tener hijos... en realidad, siempre había disfrutado mucho con sus sobrinos. Pero encontrar a una mujer que pudiese darle
hijos y con la que se llevara bien no parecía ser tarea fácil.

Estar locamente enamorado como su primo
George no era necesario. De hecho, después de haber sufrido por culpa de una pasión loca en su ju-
ventud, Ari no quería volver a pasar por ello. Y, con
ese objetivo en mente, había desarrollado una arma-
dura de acero alrededor de su corazón para no volver a perder la cabeza por ninguna mujer.

Una relación debía satisfacerlo a todos los nive-
les para que fuese viable y su insatisfacción con Felicity aumentaba por segundos.

En aquel momento estaba poniendo a prueba su
paciencia haciendo millones de fotografías en el
vestíbulo del hotel. No era suficiente con mirar y
disfrutar. No, ella usaba la cámara hasta agotarla,

haciendo fotografías que examinaba al detalle para luego descartar la mayoría de ellas.

Otra costumbre suya que detestaba. A él le gustaba vivir el momento.

Por fin llegaron al ascensor y, unos segundos después, un camarero los acompañaba a una mesa en el bar SkyView.

¿Pero se sentó Felicity para disfrutar de la vista? No, la situación no era perfecta para ella.

—Ari, no me gusta esta mesa —susurró, sujetándolo del brazo.

—¿Qué le pasa a la mesa? —preguntó él, intentando contener su irritación.

Felicity le hizo un gesto, indicando la mesa de al lado.

—No quiero sentarme al lado de un niño. Seguramente se pondrá a gritar y nos estropeará la tarde.

Ari miró al grupo familiar sentado a la mesa. Un niño de unos cuatro o cinco años miraba por la ventana. A su lado había una mujer muy guapa con una estructura ósea como la de Sophia Loren y el ondulado pelo oscuro con mechones grises que no se molestaba en teñir, seguramente porque no le hacía falta. Probablemente la abuela del niño. Al otro lado, de espaldas a él, había otra mujer de pelo negro cortado a la moda, mucho más joven y esbelta. Seguramente sería la madre del niño.

—No te va a estropear el té, Felicity. Además, el resto de las mesas están ocupadas.

Habían llegado tarde... más tarde de lo que deberían debido a las fotografías que Felicity había insistido en tomar en el vestíbulo. Tener que soportar las manías de aquella mujer estaba poniendo a prueba su paciencia.

—Pero si se lo pides al maître, seguro que podrá arreglarlo —insistió ella.

—No voy a hacer que nadie se levante de su silla —le advirtió Ari, molesto—. Siéntate y disfruta del té.

Felicity hizo un puchero mientras echaba su rubia melena hacia atrás pero, por fin, se sentó.

El camarero les sirvió dos copas de champán y charló brevemente con ellos mientras les ofrecía la carta.

—¿Por qué tienen todas esas hamacas colocadas en fila, *yiayia*?

Era el niño quien había preguntado y Felicity volvió a hacer un puchero, irritada.

Ari reconoció el acento australiano y eso despertó su curiosidad.

—La playa es del hotel, Theo. Y las hamacas están colocadas así para que los clientes se pongan cómodos —respondió su abuela, con acento griego.

—En Bondi no están así —insistió el niño.

—Porque Bondi es una playa pública.

—¿Puedo bajar a la playa, *yiayia*?

—Solo se puede bajar a la playa si te alojas en el hotel, cariño.

—Entonces, Bondi es mejor —concluyó el crío, volviéndose de nuevo hacia el ventanal.

Un australiano igualitario incluso a tan temprana edad, pensó Ari, burlón.

Felicity suspiró.

—Vamos a tener que oírlo charlotear toda la tarde.

No sé por qué la gente trae niños a sitios como este. Deberían dejarlos con las niñeras.

–¿No te gustan los niños? –le preguntó Ari.

En realidad, esperaba que dijese que no. Esa sería una excusa perfecta para romper con ella.

–En su sitio y en su momento –respondió Felicity.

O sea: lejos, donde no molestasen.

–Yo creo que la familia es muy importante –insistió Ari–. Y cuando tenga hijos, los llevaré a todas partes.

Eso la calló momentáneamente.

Pero aquella iba a ser una tarde muy larga.

Al escuchar la voz del hombre que estaba sentado en la mesa de al lado, Tina sintió que se le erizaba el vello de la nuca.

Esa voz tan masculina le recordaba otra que la había seducido; la que la había hecho creer que era más especial que ninguna otra mujer en el mundo.

Pero no podía ser Ari.

Además, era absurdo pensar en él. Seis años antes, Ari Zavros había desaparecido de su vida y nunca había vuelto a Australia porque no tenía el menor interés en seguir en contacto con ella.

No, imposible, no podía ser él.

En cualquier caso, sería mejor seguir dándole la espalda. Si era Ari la y la reconocía... no quería ni pensar en ello. No estaba preparada para encontrarse con él, especialmente estando con su madre y con Theo.

Aquello no podía pasar, era cosa de su imaginación. El extraño estaba con una mujer a la que había oído protestar por la presencia de Theo; una queja absurda porque su hijo era un niño muy bien educado. En fin, no debería perder el tiempo pensando en ellos, se dijo.

Suspirando, Tina tomó la taza de té y respiró su aroma. Perlas de Jazmín se llamaba. Y olía a jazmín, como si lo hubieran hecho destilando esa flor.

Ya habían tomado una deliciosa carne Wellington servida con puré de remolacha, pero al lado de la mesa había un carrito con más aperitivos, servidos en bandejas de colores. En una de ellas había sándwiches de huevo hilado, de salmón ahumado, de crema de queso con pepino. En otra, *vol-au-vents* de marisco, carne, pollo...

¡Era imposible comérselo todo!

Como era de esperar, Theo quiso probar el pollo y su madre cualquier cosa que llevara queso, de modo que ella podía tomar el marisco que tanto le gustaba.

Un camarero se acercó con una nueva bandeja, pero los tres la rechazaron porque aún les quedaba el menú degustación de postres, que incluía bollos con pasas, nata y varias mermeladas... incluso una de fruta de la pasión que Tina no había probado nunca.

No iba a dejar que Ari Zavros le quitase el apetito, pensó.

En la mesa de al lado, era la mujer quien hablaba sin parar, comparando aquel té con otros que había disfrutado en famosos hoteles del mundo. El hombre se limitaba a emitir murmullos de asentimiento.

–Cuánto me alegro de que hayamos parado en Dubái –dijo su madre–. La arquitectura de esta ciudad es asombrosa. Y pensar que lo han hecho todo en treinta años... eso demuestra lo que se puede hacer en estos tiempos.

–Si hay dinero para hacerlo y se paga una miseria a la mano de obra –le recordó Tina.

–Bueno, al menos ellos tienen dinero. Y estas construcciones atraen a muchos turistas que generan beneficios.

–Sí, claro –Tina sonrió–. Yo también me alegro de que hayamos venido. Es un sitio asombroso.

Su madre se inclinó hacia delante para decirle en voz baja:

–En la mesa de al lado hay un hombre guapísimo. Yo creo que debe de ser una estrella de cine o algo así. Míralo, a ver si tú lo reconoces.

A Tina se le encogió el estómago. Ari Zavros era un hombre increíblemente guapo, pero no podía ser él. En fin, una miradita rápida aclararía el asunto del todo...

Pero la sorpresa de ver al hombre al que no había esperado volver a ver nunca la dejó sin aire.

–No creo que sea un actor –consiguió decir cuando por fin pudo recuperar el aliento.

Afortunadamente, él no estaba mirándola en ese momento.

¡Ari!

Seguía siendo un hombre muy apuesto, con su espesa melena de color castaño claro, la piel morena, sus fuertes facciones masculinas suavizadas por unos labios perfectos y unos ojos de color ámbar... unos ojos que Theo había heredado. Gracias a Dios, su madre no había notado el parecido.

—Bueno, pues debe de ser alguien conocido —insistió Helen.

—No lo mires, mamá —murmuró Tina.

—Pero si es él quien no deja de mirarnos.

¿Por qué?, se preguntó ella, angustiada.

¿Su acento australiano le habría recordado los tres meses que pasó en Sídney?

No podía haberla reconocido de espaldas. Además, antes su pelo era largo y ondulado.

¿Se habría dado cuenta del parecido de Theo?

No, imposible. ¿Cómo iba a pensar que el niño se parecía a él? A menos que fuera dejando niños huérfanos de padre por todo el mundo...

Tina intentó calmarse. Ari había usado preservativos y no podía imaginar que el «sexo seguro» no había sido tan seguro después de todo.

Como Ari y su acompañante habían llegado después, era inevitable que ellos se fueran antes. Tendría que pasar al lado de su mesa y, si la miraba a la cara...

Tal vez no la recordaría, pensó. Al fin y al cabo, habían pasado seis años y tenía un aspecto diferente. Además, Ari habría tenido tantas relaciones desde entonces que seguramente ni se acordaría de ella. Pero si la reconocía... no quería ni pensar en las complicaciones.

Tina no quería saber nada de Ari Zavros. Esa era una decisión que había tomado antes de revelar el embarazo a sus padres y sería insoportable que cuestionase la paternidad del niño o que quisiera compartir las responsabilidades con ella... entrando y saliendo de su vida, haciéndola sentir como una tonta por haberlo amado tan ciegamente.

No había sido fácil mantenerse firme cuando su padre exigió saber el nombre del padre de Theo, pero lo hizo. Fuera acertada o no esa decisión, era algo que no había lamentado nunca.

Incluso recientemente, cuando Theo le preguntó por qué él no tenía un padre como los demás niños, no se había sentido culpable al responder que algunos niños solo tenían madres. Estaba convencida de que Ari podría ser una terrible influencia en sus vidas y ella no quería darle esa oportunidad.

Pero aquel horrible truco del destino podría ser una catástrofe, de modo que tenía que evitar una confrontación.

Tina intentó contener el pánico. Aquello no tenía por qué ser una catástrofe. Ari estaba acompañado y no iba a ponerse a discutir con ella en un sitio público. Además, era más que posible que no la reconociera. Pero, por si acaso, tendría que hacer que su madre se llevase a Theo.

No podía arriesgarse.

Capítulo 2

E L RESTO de la tarde fue una pesadilla para Tina. Le resultaba imposible concentrarse en los fabulosos platos que servía el camarero e incluso, más difícil, apreciar los sabores. Se sentía como Alicia en la fiesta del sombrerero loco, con la reina a punto de ordenar que le cortasen la cabeza.

Su madre estaba probando la tarta de higos y un pastel de té verde mientras Theo disfrutaba de una tarta de chocolate y ella se esforzaba por probar una de caramelo. Pero enseguida el camarero se acercó con otra bandeja de tentaciones: fresas mojadas en chocolate blanco, tarta de merengue de limón, una bola de fruta de la pasión con un centro líquido y más y más...

Tina debía fingir que estaba disfrutando mientras tenía el estómago encogido por la inesperada presencia de Ari a su lado.

Le dolía la cara de tanto sonreír como si no pasara nada y, en silencio, maldijo a Ari Zavros por estropear la que debería haber sido una experiencia fabulosa. El miedo de que pudiese estropearla aún más la tuvo angustiada hasta que, por fin, su madre decidió que habían comido suficiente y sugirió que volviesen al vestíbulo para seguir admirando el hotel.

–Quiero ver el pez otra vez, *yiayia* –dijo Theo–. ¡Y quiero sentarme en el camello!

Aquel era el momento que Tina había temido, pero incluso había planeado lo que iba a decir:

–Lo mejor sería que fueses al baño antes de marcharnos, cariño. ¿Te importa llevarlo, mamá? Quiero hacer unas cuantas fotografías desde el ventanal.

–Muy bien, como quieras –asintió Helen.

–Nos vemos en los ascensores.

–Vamos, Theo.

Misión cumplida, pensó Tina. Si pudiera pasar al lado de Ari sin que la reconociera, sería fantástico. Pero si ocurría lo peor y la reconocía, al menos lidiaría con la situación sin tener que pensar en Theo.

Con el bolso colgado al hombro, tomó la cámara e hizo unas cuantas fotografías desde el ventanal. Y luego, con el corazón dando saltos dentro de su pecho, se volvió por fin con la intención de pasar al lado de la mesa a toda velocidad.

Pero Ari Zavros estaba mirándola fijamente y, de inmediato, supo que la había reconocido. Y esa mirada la dejó clavada al suelo, como un conejo cegado por los faros de un coche.

–Christina... –Ari pronunció su nombre con tono de sorpresa mientras se levantaba de la silla.

No había posibilidad de escapar, pensó ella. Sus pies no parecían recibir los mensajes que enviaba su cerebro.

Ari se disculpó con la mujer que lo acompañaba, que se volvió para mirarla con cara de irritación.

Rubia, de pelo largo, ojos azules y complexión de porcelana. Sí, definitivamente una mujer muy guapa. ¿Otro «grato recuerdo» para Ari o sería algo más serio?

Daba igual. Lo único que importaba era terminar con aquello cuanto antes.

Pero Ari se acercó con una mano extendida y una sonrisa en los labios.

–Te has cortado el pelo –le dijo, como si eso fuera una vergüenza.

La vergüenza en la que la sumió su partida no parecía importarle en absoluto.

–Me gusta corto –replicó Tina, recordando a su pesar cómo le gustaba a Ari jugar con sus rizos, enredarlos en sus dedos, besarlos.

–¿Qué haces en Dubái?

–Estoy de paso. ¿Y tú?

Ari se encogió de hombros.

–He venido por un asunto de negocios.

–Mezclados con el placer –dijo ella, burlona–. Pero no quiero interrumpirte. Después de tanto tiempo, ¿qué más podemos decirnos?

–Solo que me alegro de volver a verte. Incluso con el pelo corto –replicó Ari, con una de esas sonrisas que una vez la habían dejado sin aliento.

¿Cómo se atrevía a flirtear con ella estando acompañado? ¿Cómo se atrevía a flirtear con ella cuando la había utilizado para olvidarla después?

Lo odiaba por decir que se alegraba de verla cuando ella se sentía tan angustiada. Le gustaría borrar esa sonrisa de sus labios, darle una bofetada por tener la arrogancia de dirigirse a ella, pero lo más digno, lo más sensato, era despedirse.

–Ahora soy una persona diferente –le dijo, sin embargo–. En fin, si me perdonas... mi madre está esperándome.

Por fin, sus pies obedecieron la orden de moverse... pero Ari la tomó del brazo, mirándola a los ojos como si no entendiera por qué parecía tan enfadada.

–Ese niño... ¿te has casado?

Tina apretó los dientes. Debería decir que sí y marcharse. Dejarlo pensar que estaba casada y no había sitio para él en su vida, así se libraría de Ari Zavros para siempre.

«¡Hazlo!», le pedía su cerebro.

Pero otra vocecita le decía: «Cuéntale la verdad».

Aquel era el padre de Theo y debería enfrentarse con esa verdad. Sin pensar, incapaz de contenerse, le espetó:

–No estoy casada y sí, Theo es mi hijo.

Ari frunció el ceño.

Ah, claro, no le gustaba que fuese madre soltera. No era libre, estaba atada a un niño. Y a Ari Zavros no le gustaban las ataduras.

Eso la enfureció aún más y, sin pensar, le echó a la cara la amarga verdad:

–Y es hijo tuyo.

Él la miró, estupefacto.

La sonrisa seductora había desaparecido por completo.

Experimentando una fiera y primitiva satisfacción, Tina pasó a su lado para dirigirse a los ascensores. Estaba segura de que no la seguiría. Aparte de haberlo dejado de una pieza, estaba con otra mujer y, además, no creía que quisiera complicarse la vida con un hijo ilegítimo.

En cualquier caso, tenía que salir del hotel lo antes posible. No iban a quedarse admirando el vestíbulo. Le diría a su madre que no se encontraba bien... y era cierto, además. Tenía el estómago revuelto.

No debería haberle contado que Theo era hijo suyo, pensó. Había sido una locura. Además, no contaba con cuánto seguía afectándola aquel hombre. Pero, con un poco de suerte, eso no cambiaría nada. Para empezar, Ari no querría creerla. Los hombres solían negar las demandas de paternidad... aunque ella no tenía la menor intención de pedirle nada. En cualquier caso, había sido una estupidez abrir esa puerta cuando lo que quería era que no volviese nunca a su vida.

«Por favor, que no venga tras de mí».

«Que siga adelante con su vida y me deje en paz para vivir la mía».

Ese niño... ¿era hijo suyo?

¿Su hijo?

Cuando por fin se recuperó de la sorpresa, Ari se dio la vuelta para mirar a la mujer que acababa de anunciar que era la madre de su hijo.

Christina Savalas no había esperado para capitalizar esa información. Después de soltar la bomba, se alejaba de él como si no quisiera volver a verlo.

¿Sería verdad?

Ari hizo un rápido cálculo... había estado en Australia seis años antes y el niño parecía tener unos cinco. Pero tendría que saber su fecha de nacimiento para estar seguro del todo.

Christina había dicho que se llamaba Theo.

Theo... un niño que se parecía a él cuando era pequeño.

Ari sintió un escalofrío. Si Theo era hijo suyo, eso significaba que había dejado embarazada a Christina. Que había abandonado a una mujer embarazada. Pero ¿cómo podía haber ocurrido si siempre habían usado preservativos? Ni una sola vez en su vida se había arriesgado a mantener relaciones sin protección. ¿Habría habido alguna ocasión... una que él no recordase?

Sí recordaba que Christina era inocente y eso había sido algo inesperado y delicioso. No se había sentido culpable después de llevarse su virginidad. El deseo había sido mutuo y le había dado placer... un buen comienzo para una vida sexual. Cualquier hombre vería a Christina como una mujer deseable y lo más natural era que ella se hubiese sentido atraída por alguno en esos años.

Pero si la había dejado embarazada... eso habría destrozado sus planes de vida. Y esa podría ser la razón por la que Christina lo había mirado con tal odio.

Pero si ese niño era hijo suyo...

¿Por qué no se había puesto en contacto con él? ¿Por qué había tenido al niño sin decirle nada? ¿Y por qué se lo había contado de repente, durante un encuentro fortuito?

Había muchas preguntas y ninguna respuesta.

–¿Qué haces ahí? –lo llamó Felicity–. Esa mujer se ha ido.

Se había ido, pero él no la había olvidado.

—Estaba recordando cuando nos conocimos en Australia —Ari tuvo que hacer un esfuerzo para volver a su silla y portarse de manera civilizada.

—¿Qué hacías en Australia?

—Visitando la industria vitivinícola del país. Quería saber si podía mejorar la bodega de Santorini.

—¿Y esa mujer está conectada con la industria del vino?

Ari se encogió de hombros.

—Trabajaba en una campaña de publicidad de la marca Jacob's Creek.

—Ah, una modelo.

—Lo era entonces.

—Y tú lo pasaste bien con ella, claro —dijo Felicity.

Ari hizo una mueca.

—Fue hace mucho tiempo. Sencillamente, me ha sorprendido verla en Dubái.

—Bueno, pues ahora tiene un hijo —le recordó Felicity, con una sonrisa de satisfacción—. No creo que sea muy divertida.

—No, no creo que sea muy divertido ser madre soltera —replicó él, intentando contener su enfado.

—Muchas estrellas de cine son madres solteras y parecen disfrutar de ello.

Ari decidió cortar la conversación.

—¿Y yo qué sé? Solo soy un hombre.

Felicity rio, alargando una mano para ponerla sobre su pierna.

—Y uno muy guapo, cariño. Por eso no me gusta que te alejes de mí, ni un segundo siquiera.

El deseo de seguir a Christina Savalas había sido inmediato. Estaba harto de mujeres egoístas como Felicity y el recuerdo de su tiempo con ella, un tiempo dulce y encantador, había hecho que se levantara de la silla. Pero no era la Christina a la que él había conocido. ¿Cómo iba a serlo después de seis años? Era una persona diferente, ella misma lo había dicho. Pero si era la madre de su hijo tendrían que conocerse de nuevo.

La buscaría, decidió. Parecía estar haciendo turismo y seguramente no volvería a Australia en unas semanas. Sí, sería mejor esperar a que hubiese vuelto a Australia. Mientras tanto, tenía que cortar con Felicity, acudir a la boda de su primo en Santorini y luego buscar unos días libres para poder solucionar aquello.

¿Sería Theo Savalas hijo suyo?

Si la respuesta era afirmativa, tendría que hacer cambios en su vida.

Y Christina Savalas tendría que acomodarse a ello, le gustase o no.

Un padre tenía ciertos derechos y Ari no tendría el menor reparo en exigirlos.

Al fin y al cabo, la familia era la familia.

Capítulo 3

DESPUÉS de haber visto a Ari Zavros en el hotel, Tina estuvo tensa durante el resto de su estancia en Dubái.

Aunque no pensaba que fuera a exigir sus derechos como padre y un segundo encuentro con él sería casi imposible, solo se sintió a salvo en el autobús turístico, mientras los llevaban a los sitios más interesantes de Dubái: el mercado del oro, los famosos centros comerciales, los mercados de especias.

Fue un alivio subir al avión que los llevaría a Atenas al día siguiente sin haber vuelto a saber nada de él.

En el aeropuerto los recibió su tío Dimitri, el hermano mayor de su padre, que los llevó a su restaurante debajo de la Acrópolis, donde se habían reunido todos los parientes griegos para darles la bienvenida a casa. No era el hogar de Tina y Theo ya que los dos habían nacido en Australia, pero fue interesante y divertido conocer a la familia de sus padres.

Su madre estaba feliz y Theo fue un éxito, pero Tina no podía dejar de sentirse como una extraña. Las mujeres hablaban de ella en tercera persona, como si no estuviera allí...

–Tenemos que encontrar un marido para tu hija, Helen.

–¿Por qué se ha cortado el pelo? A los hombres les gusta el pelo largo.

–Evidentemente, es una buena madre. Eso es lo más importante.

–Y si está acostumbrada a ayudar en el restaurante de su padre...

No, ayudar no, a *llevar* el restaurante, pensó Tina, observando a su tío Dimitri, que estaba continuamente vigilando a los camareros y dándoles ordenes. Todos los clientes recibían un pedazo de sandía al final de la cena, un detalle en una noche tan calurosa. La gente se marchaba contenta y eso significaba que volverían y que seguramente hablarían del restaurante a sus amistades. Era algo que podía copiar en casa, pensó.

La mayoría de las mesas estaban en la terraza, bajo árboles o sombrillas, y le gustó poder relajarse y disfrutar de Atenas.

Había un mensaje de Cassandra en el hotel diciendo que George y ella se reunirían con la familia en el restaurante y Tina los esperaba con impaciencia, deseando ver a su hermana y su prometido.

Cass había llevado a George a Sídney seis meses antes para presentarlo, pero desde entonces había estado trabajando sin descanso. Acababan de llegar de Londres y pensaban pasar la noche en Atenas antes de ir a la isla de Patmos, donde vivía la familia de su novio.

–¡Aquí están! –exclamó su madre.

Tina levantó la mirada...

Y se quedó helada.

Allí estaba su hermana, tan guapa como la modelo que era.

A su lado estaba George Carasso, sonriendo a su prometida.

Y, a su lado, Ari Zavros.

Su madre se volvió hacia ella.

—¿No es el hombre que vimos en Dubái, Tina?

Ella escuchó la pregunta, pero no pudo responder. Ya era suficientemente angustioso volver a verlo ahora que sabía que Theo era hijo suyo.

La gente se levantó y hubo intercambio de saludos, besos y abrazos. Ari fue presentado como primo hermano de George, el padrino en la boda.

¡El padrino! Y ella era la dama de honor de Cass.

La pesadilla en la que se había metido sin darse cuenta era más horrible por segundos y no parecía haber final. Sería imposible disfrutar de la boda de su hermana al lado de Ari...

Si no hubiese abierto la boca en Dubái, podría haberlo tratado como a un simple conocido. Pero a juzgar por cómo la miraba Ari, con un brillo retador en los ojos, ya no era posible.

—¿Y esta es tu hermana? —estaba diciendo.

—Sí, Tina —respondió Cassandra, abrazándola—. ¡Cuánto me alegro de verte, cariño! George y yo nos alojamos en el apartamento de Ari esta noche y, cuando le dijimos que íbamos a reunirnos todos, insistió en venir para que no os sintierais como extraños en la boda.

Extraños.

De modo que no había contado nada.

Tina esperaba con todo su corazón que no lo hiciera.

Cass tomó a Theo en brazos.

–Este niño tan guapo es mi sobrino, que va a llevar los anillos en la boda.

Ari le sonrió.

–Tu tía Cassandra me ha dicho que la semana que viene es tu cumpleaños.

Theo levantó los cinco dedos de una mano.

–Cumplo cinco años –anunció, orgulloso.

–Este mes también es mi cumpleaños –dijo Ari–. Así que los dos somos Leo.

–Soy Theo, no Leo.

Eso hizo reír a todos.

–No se refería a tu nombre, cariño –le explicó Cassandra–. Vuestro signo del zodíaco es Leo, que es un león. Y los dos tenéis los ojos de color ámbar, como los leones.

Theo señaló a Ari.

–Tienes los ojos del mismo color que yo.

Tina contuvo el aliento. Su corazón latía con tal violencia que casi le hacía daño.

–Los dos somos leones, así que me alegro mucho de conocerte –dijo Ari, volviéndose hacia ella–. Y a tu madre.

Tina suspiró, aliviada. No iba a decir nada, tal vez no lo haría nunca. Debería saludarlo, pero estaba tan nerviosa que no era capaz de articular palabra.

–¿Tina es el diminutivo de Christina?

–Sí –consiguió responder ella, con un hilo de voz.

Ari estrechó su mano y fue como recibir una descarga eléctrica, recordándole la química sexual que habían compartido en el pasado. Pero eso hizo que se rebelase. No pensaba pasar por eso otra vez, no iba a ser débil y tonta. Si iba a haber una batalla por la custodia de Theo, no pensaba dejar que Ari Zavros tuviese ningún poder sobre ella, de modo que apartó la mano a toda velocidad.

Cass y George se sentaron al lado de su madre y el tío Dimitri sacó una silla para Ari, a su lado. Era imposible protestar y, además, Ari ya había declarado su intención de «conocerla».

La situación exigía una conversación amable. Si no lo hacía, sus familiares sospecharían que ocurría algo raro. Y, aunque odiaba tener que hablar con él, intentó fingir que eran extraños.

—¿Cuándo conociste a mi hermana?

Era una buena pregunta. Necesitaba información y la necesitaba lo antes posible.

—Esta noche –respondió él, con una sonrisa–. Sabía de ella, por supuesto, pero en la familia siempre nos referíamos a ella como Cassandra, ya que así es conocida en el mundo de la moda. No sabía que su apellido fuese Savalas –añadió–. Me he enterado esta tarde, por casualidad.

—Ah, ya veo –murmuró Tina. De modo que había sabido que iba a encontrarse con ella cuando llegase al restaurante–. ¿Vives en Atenas?

—No, tengo un apartamento aquí porque me resulta conveniente. Puede usarlo cualquiera de la familia, por eso mi primo George ha decidido pasar allí la noche con Cassandra. Es más privado que ir a un hotel.

–Muy considerado por tu parte –dijo Tina, iró-nica–. ¿Dónde vives normalmente?

Lo único que sabía de él cuando lo conoció era que pertenecía a una rica familia griega que tenía algo que ver con la industria del vino. Durante el tiempo que pasaron juntos, Ari había estado más in-teresado en conocer Australia que en hablar de sí mismo.

–Tengo varios negocios, de modo que viajo a me-nudo, pero el hogar de mi familia está en Santorini.

–Nosotros vamos a Santorini –intervino Theo, que parecía fascinado por Ari.

–Sí, lo sé. Y tal vez podríamos hacer algo espe-cial para tu cumpleaños.

A Tina se le encogió el estómago. Tenía inten-ción de acercarse a su hijo, eso era evidente.

–¿Como qué? –preguntó el niño.

–Será mejor esperar a que lleguemos allí –res-pondió Tina, asustada–. Has dicho que tu familia vivía en Santorini. ¿Significa eso que estás casado?

–No, no, para disgusto de mi padre aún sigo sol-tero. Me refería a la casa de mi familia.

–No estás exactamente soltero –le recordó Tina.

Si pensaba volver a jugar con ella, engañando a la rubia con la que lo había visto en Dubái, sería una gran satisfacción rechazarlo.

–Te aseguro que lo soy, Christina –replicó él, sin parpadear.

Tina apretó los labios. La había llamado así a propósito, para recordarle momentos íntimos...

–¿Otro encantador episodio fácil de olvidar? –le preguntó.

Ari frunció el ceño, como si no entendiera. Y probablemente habría olvidado cómo había descrito él mismo su relación con ella.

Pero lo recordase o no, la miró con gesto decidido.

—No tan encantador. De hecho, estar con ella ha sido una tortura —respondió, mirando a Theo—. Tal vez debería sentar la cabeza y tener hijos.

Tina tuvo que contener el deseo de levantarse. Aquello era lo último que deseaba...

—Yo no tengo padre —anunció Theo entonces—. Tuve un abuelo, pero se puso enfermo y se fue al Cielo.

—Lo siento mucho —dijo Ari.

—La gente debería saber que la responsabilidad de ser padre es algo que dura para siempre —intervino Tina.

—Estoy de acuerdo contigo —asintió él.

—Las personas que no están dispuestas a asumir su responsabilidad no deberían intentarlo siquiera. Tener hijos no es para los tarambanas.

—¿Qué son «tarambanas», mamá?

Fue Ari quien respondió:

—Gente que va y viene sin quedarse mucho tiempo en ningún sitio. No se quedan a tu lado como hacen tu mamá y tu abuela... y tus amigos. ¿Tienes amigos, Theo?

—Tengo muchos amigos —respondió el niño.

—Entonces debes de ser muy feliz...

—Muy feliz —lo interrumpió Tina, diciéndole con la mirada: «sin ti».

—Y tú debes de ser una madre muy especial, Christina –replicó Ari–. No creo que haya sido fácil criarlo sola.

–No estaba sola. Mis padres me han ayudado mucho.

–Ah, la familia –murmuró él, asintiendo con la cabeza–. Uno nunca debería darle la espalda a la familia.

El reto que había en sus ojos hizo que Tina se inclinase un poco para hablarle al oído:

–Tú le diste la espalda primero.

–Nunca le he dado la espalda a un pariente mío –replicó él, molesto–. Hay dos maneras de hacer esto, Christina, y sugiero que nos lo pongamos fácil el uno al otro.

–¿Hacer qué?

–Tú sabes a qué me refiero –Ari suspiró–. Enfrentarnos por su custodia no es en interés del niño.

–Entonces, dejemos las cosas como están.

–¿Esperas que me olvide de su existencia?

–¿Por qué no? Te has olvidado de la mía.

–Un error que pienso corregir.

–Algunos errores no se pueden corregir.

–Eso ya lo veremos.

Evidentemente, Ari estaba decidido a solicitar la custodia de Theo. No había manera de evitarlo.

Tina tuvo que hacer un esfuerzo sobrehumano para sonreír a su hijo, que estaba comiendo un trozo de sandía.

–¿Está rica? –le preguntó Ari.

Theo, con la boca llena, asintió con la cabeza y Tina torció el gesto, irritada. Seis años antes también había sido encantador con ella y no había significado nada. Pero era imposible explicarle eso a un niño de cinco años.

–Cassandra me ha dicho que ahora llevas un restaurante en la playa de Bondi –dijo Ari entonces.

–Sí, era de mi padre –respondió Tina–. Me entrenó para llevarlo cuando ya no podía hacerlo él mismo.

Otro momento duro de su vida, pensó. Pero, afortunadamente, el restaurante funcionaba a las mil maravillas.

–Imagino que trabajas muchas horas. Y, siendo madre, debe de ser difícil.

Tina lo fulminó con la mirada. ¿Qué había querido decir, que podría estar descuidando a su hijo?

–Vivimos en un apartamento encima del restaurante. Theo va a preescolar durante el día y, cuando no está conmigo, está con mi madre. Y la playa le encanta. Como tú mismo has dicho, es un niño feliz.

«Y no te necesita para nada».

–Mi mamá y yo hacemos castillos de arena –le informó Theo.

–En las islas griegas hay montones de playas –dijo Ari.

–¿Podemos ir a alguna?

–Claro, la mayoría son playas públicas. Puede ir todo el mundo.

–¿Y tienen hamacas colocadas en fila como en Dubái?

–En las playas privadas, sí.

–Pero yo no puedo ir a las playas privadas.

–Hay una muy grande donde yo vivo, en Santorini. Allí podrías construir muchos castillos de arena.

—¿Y tú me ayudarías?

Ari rio, encantado de llevarse tan bien con el niño.

—No creo que tengamos tiempo para eso —se apresuró a decir Tina.

—Tonterías —replicó él—. Cassandra me ha dicho que vais a pasar cinco días en Santorini y el cumpleaños de Theo es dos días antes de la boda. Te aseguro que haré todo lo posible para que lo pase bien. Por ejemplo, un viaje en tranvía, un paseo en burro...

—¡Un burro! —exclamó Theo.

—... un viaje en barco por las islas.

—¡Un viaje en barco, mamá! —el niño la miraba con los ojos como platos.

—Y también podemos ir a la playa para hacer castillos de arena.

—¿Podemos ir, mamá?

Theo estaba tan emocionado que llamó la atención de su madre.

—¿Qué quieres hacer, cariño?

—¡Montar en burro y dar un paseo en barco por mi cumpleaños, *yiayia*!

—Le he prometido que haremos todo eso —le explicó Ari—. Su cumpleaños en Santorini será memorable.

—Qué amable por tu parte.

Helen miraba con una sonrisa embelesada a aquel hombre que parecía una estrella de cine y que se mostraba tan amable con su nieto.

Le había tendido una trampa, pensó Tina. Con Theo y su madre del lado de Ari, tendría que apretar los dientes y soportar su presencia. No podía ser una aguafiestas porque entonces tendría que dar explicaciones que no quería dar. Tal vez en el futuro tendría que hacerlo, pero mantendría aquello entre los dos mientras fuera posible.

Además, Cass no merecía que nadie estropease el día de su boda por una situación que nunca debería haberse dado. Ese impulso loco de contarle la verdad cuando se lo encontró en Dubái podía costarle muy caro... pero el daño estaba hecho y debía contenerlo en lo posible. Al menos hasta después de la boda.

Con toda la familia mirándolos, Tina tuvo que sonreír.

–Sí, muy amable.

–Cassandra me ha dicho que os alojaréis en el hotel El Greco –dijo él, con tono arrogante, como si hubiera ganado una batalla–. Me pondré en contacto contigo en cuanto lleguéis a Santorini.

–Muy bien, de acuerdo.

Una vez decidido, Theo se dedicó a hacerle preguntas sobre la isla, que eran respondidas con buen humor por parte de Ari.

Tina se quedó en silencio, odiando a Ari Zavros por su encanto y odiándose a sí misma por haberle contado la verdad sobre el niño.

Por fin, Cass y George se excusaron para volver al apartamento y, afortunadamente, Ari se levantó también. Y cuando le ofreció su mano tuvo que aceptarla porque todos estaban mirando.

–Gracias por confiarme el cumpleaños de Theo, Christina.

–Estoy segura de que harás lo posible para que lo pase bien –respondió ella–. Durante un tiempo limitado –añadió, en voz baja.

Y eso le decía bien claro lo poco que confiaba en él.

Podría haberse ganado la confianza de Theo por un día, pero a ella no se la había ganado en absoluto.

–Ya veremos –dijo Ari, con tono arrogante.

Después de las despedidas, por fin desapareció. Pero había dejado atrás su presencia, con su madre hablando de él sin parar y Theo encantado con aquel hombre tan simpático.

No había forma de salir de la trampa.

Y Tina tenía la horrible impresión de que no la habría nunca.

Capítulo 4

MAXIMUS Zavros estaba sentado bajo un emparrado en el patio de la casa, con vistas al mar Egeo. Era el sitio en el que solía desayunar y donde esperaba que se sentara con él cuando estaba en Santorini. Aquel día no era una excepción, pero no sentía alegría alguna; algo evidente por su ceño fruncido y la expresión furiosa con que fulminó a Ari.

–¡De modo que has vuelto a casa sin una mujer! –su padre dobló el periódico que estaba leyendo y golpeó la mesa con él, exasperado–. Tu primo George tiene dos años menos que tú, no es tan apuesto y no tiene tu dinero. Y, sin embargo, ha encontrado una esposa que lo acompañará el resto de su vida. ¿Se puede saber qué te pasa?

–Tal vez he perdido el barco –replicó él mientras se sentaba a su lado.

–¿Qué significa eso?

Ari se sirvió un zumo de naranja. Aquella iba a ser una larga conversación y tenía la boca seca, de modo que tomó un trago antes de responder:

–Significa que conocí a la mujer con la que debería haberme casado hace seis años, pero la dejé escapar y ahora tengo que recuperarla. Y no va a ser fácil porque se muestra muy hostil.

–¿Hostil? –repitió su padre–. ¿Por qué se muestra hostil? Tu madre y yo te hemos enseñado a tratar bien a las mujeres. ¿Y por qué tienes que casarte con ella? Casarte con una mujer de la que no estás enamorado no va a hacerte feliz, hijo. Pensé que tenías más sentido común.

–La dejé embarazada –dijo Ari entonces–. Sin saberlo, te lo aseguro. El niño tiene ahora cinco años...

–¡Un nieto! –exclamó Maximus. Pero luego se quedó pensativo durante unos segundos–. ¿Estás seguro de que es hijo tuyo?

–Sin la menor duda –respondió él–. El niño se parece a mí y la fecha de nacimiento coincide con el tiempo que estuve con Christina.

–¿Es posible que ella hubiera estado con otro hombre en esas fechas?

–No, estoy seguro de que no es así. Entonces teníamos una relación muy apasionada... y era virgen, papá. La conocí cuando estuve en Australia.

–¿En Australia?

Ari asintió con la cabeza.

–Christina estaba empezando una prometedora carrera como modelo... era joven, guapísima, cautivadora. Pero cuando resolví el asunto que me había llevado a Australia, me despedí de ella. No tenía planes de matrimonio en ese momento y pensé que ella tenía toda la vida por delante y no estaría interesada en atarse a un hombre.

–Australia... –su padre frunció el ceño–. ¿Cómo habéis vuelto a veros? Tú no has vuelto a Australia.

–Cuando George y su prometida se alojaron en mi apartamento de Atenas, descubrí que Cassandra y Christina eran hermanas –respondió Ari, sin hablarle del encuentro en Dubái–. Christina será la dama de honor en la boda y su hijo, Theo, mi hijo, llevará los anillos. He cenado con ellos en Atenas.

–¿Y la familia sabe que tú eres el padre de ese niño?

–No, no lo sabe nadie. Pero yo no puedo ignorarlo, papá. Aunque Christina no tiene el menor interés en compartir a Theo conmigo, he notado que la situación la tiene angustiada.

–Quiere quedarse al niño para ella sola.

–Eso es.

–Pues vas a tener que hacer que cambie de opinión.

Era un alivio que su padre hubiera llegado a esa conclusión, aunque habiendo un nieto de por medio era predecible.

–Pienso empezar a intentarlo mañana mismo. Theo cumplirá cinco años y he conseguido convencerla... o más bien manipularla para que pasaran el día conmigo.

–¿Has tenido que manipularla?

–Le he hecho una oferta que no ha podido rechazar. Que no quiera contarle a su familia que yo soy el padre del niño me da cierta ventaja. Al menos, hasta la boda de George. Sospecho que no quiere estropearle la boda a Cassandra.

–Ah, entonces le preocupa la familia. Eso me gusta. ¿Tú crees que será una buena esposa?

–Al menos le gustan los niños, algo que no se puede decir de Felicity Fullbright. Además, Christina sigue pareciéndome una mujer muy atractiva –Ari se encogió de hombros–. ¿Qué quieres que diga, papá? Lo que ha ocurrido es culpa mía.

–¿Cuándo llegan a Santorini?

–Hoy mismo.

–¿Y dónde se alojarán?

–En El Greco.

–Llamaré al director personalmente y me haré cargo de todos sus gastos –dijo Maximus–. Pediré que les pongan fruta fresca y flores en la habitación... y una selección de los mejores vinos de Santorini. Regalo de la familia Zavros. El dinero suele hacer que la gente vea las cosas de manera más positiva.

Ari se guardó su opinión al respecto, aunque su padre podría tener razón. La generosidad podría inclinar la balanza a su favor, pero él conocía lo suficiente el carácter australiano como para saber que solían ser gente práctica en cuanto al estatus social. El dinero que tuvieses en el banco no te hacía mejor que a los demás, según ellos.

Aparte de lo cual, Christina ya había demostrado ser una persona independiente y dudaba que pudiera ser comprada.

–La madre de Christina se llevará una impresión favorable –comentó–. Se llama Helen y es viuda. Estaría bien que mamá y tú os interesarais por ella durante la boda.

Su padre asintió con la cabeza.

–Naturalmente. Como abuela que es, entenderá que nosotros también queramos relacionarnos con el niño. Pienso dejar bien claros mis sentimientos sobre ese asunto.

–Helen es griega, como lo era su marido. Sus dos hijas nacieron en Australia, pero imagino que ella conoce bien las antiguas costumbres del país sobre los matrimonios concertados entre familias. Y si entiende que lo mejor para Christina y Theo sería contar con nuestro apoyo...

–Déjamelo a mí, yo me ganaré a la madre. Tú encargarte de ganarte a Christina y a su hijo. Es intolerable que nos hayan dejado fuera de su vida durante tanto tiempo.

Ese era el asunto, pensó Ari, que era el padre de Theo.

Y haría lo que tuviese que hacer para ser un buen padre.

Diez horas en un ferry desde Atenas a Santorini eran muchas horas. Pero Theo estaba fascinado por las olas, de modo que Tina pasó gran parte del tiempo en cubierta con él mientras su madre se relajaba en el camarote leyendo un libro.

Pasaron frente a muchas islas, la mayoría de ellas desiertas y poco atractivas. En opinión de Tina, no eran tan bonitas como las islas tropicales de su país, de modo que resultaba decepcionante. Claro que esas islas no eran una atracción turística como Mykonos, Paros, Naxos y, sobre todo, Santorini.

Pero cuando el ferry llegó a puerto entendió por fin la atracción de un paisaje creado por erupciones volcánicas que habían devastado antiguas civiliza-

ciones. El agua era de un azul precioso y los pue-
blecitos blancos, tan típicos de las islas griegas, bri-
llaban bajo el último sol de la tarde.

Le gustaría que Ari Zavros no viviese en aquella
isla. Tina había estado deseando llegar a Santorini y
decidió disfrutar a pesar de él. Si tuviese un poco de
vergüenza, se olvidaría del tema de la paternidad y
entendería que no había sitio en la vida de Theo para
él después de tantos años. Y, por supuesto, ella no tenía el menor deseo de hacerse un sitio en la suya.

En la terminal del ferry los esperaba un minibús
y Theo se mostró encantado al ver cómo tomaba
las terribles curvas de la carretera que los llevaría a la
cima del acantilado. Afortunadamente, el minibús
parecía muy seguro y la vista era magnífica.

El hotel El Greco estaba al otro lado de la isla,
construido en terrazas naturales que iban descen-
diendo por la ladera de la montaña, con piscinas en
cada una de ellas. Todos los edificios estaban pintados en azul y blanco y los jardines parecían casi
tropicales, con montones de buganvillas y flores de
hibisco.

El área de recepción era fresca y espaciosa, ele-
gantemente decorada y con vistas al mar. Un sitio
muy atractivo, pensó Tina. Un sitio para relajarse...
pero la relajación terminó en cuanto llegaron al mos-
trador de recepción.

–Ah, señora Savalas, un minuto, por favor. Debo
informar al gerente de su llegada –el recepcionista
les obsequió con una sonrisa que a Tina le pareció
exagerada mientras levantaba el teléfono–. Acaba
de llegar la familia Savalas.... sí, muy bien.

Un hombre con traje de chaqueta salió de la oficina y se acercó a ellos con una sonrisa parecida a la del recepcionista.

–¿Hay algún problema? –le preguntó su madre, sorprendida.

–No, en absoluto, señora Savalas. Les hemos alojado en habitaciones de la primera terraza para que tengan más fácil acceso al bar y al restaurante. Si necesitan algo, solo tienen que pedírmelo.

–Qué amable –su madre sonrió, aliviada.

–Tengo instrucciones del señor Zavros para tratarlos con especial atención.

–Sí, pero... –Helen miró a Tina, que había apretado los puños instintivamente al escuchar el apellido Zavros–. Es muy amable por parte de Ari Zavros pero...

–No, no, es Maximus Zavros quien ha dado la orden –la corrigió el gerente–. Tengo entendido que el sobrino del señor Zavros va a casarse con su hija y la familia es la familia. No tendrán que pagar nada durante su estancia en El Greco, así que guarde su tarjeta de crédito, señora Savalas. Aquí no la necesitará.

Su madre sacudió la cabeza, incrédula.

–Pero si ni siquiera conocemos a Maximus Zavros.

–Han venido ustedes a la boda de su sobrino, ¿no?

–Sí, claro. Pero no sé si puedo aceptar esto...

–¡Debe hacerlo! –exclamó el gerente, horrorizado–. El señor Zavros es un hombre muy poderoso en Santorini. Es el propietario de la mitad de la isla y se sentiría ofendido si no aceptasen su hospitalidad. Y me culparía a mí si así fuera, señora Savalas.

Por favor... le suplico que disfrute de su estancia aquí sin preocuparse por nada.

–Bueno... –su madre estaba desconcertada, pero miró a Tina con gesto decidido–. Hablaremos con Ari mañana.

Ella asintió, pero sabía que su sueño de que Ari Zavros desapareciera y la dejase en paz estaba cada vez más lejos. No podía creer que aquello fuera simple hospitalidad griega. La frase «la familia es la familia» había sido como un puñetazo en el estómago para ella. Tenía la horrible impresión de que Ari le había contado la verdad a su padre... solo así tendría sentido que se mostrase tan atento con unos desconocidos.

–Permitan que las acompañe a sus habitaciones –se ofreció el gerente–. No se preocupen por el equipaje, el botones se encargará. Quiero comprobar que todo está a su gusto.

Las dos habitaciones eran preciosas, cada una con un balcón en el que había una mesa y varias sillas para tomar el aire. Las bandejas de fruta, los vinos del país y los enormes ramos de flores también parecían ser un regalo de los Zavros.

Su madre estaba encantada, pero Tina lo miraba todo con expresión recelosa y Theo solo estaba interesado en bajar a la piscina.

Cuando llegó su equipaje, Tina dejó a su madre en la habitación que compartiría con Cassandra antes de la boda y llevó a Theo a la suya. En unos minutos habían encontrado los bañadores en la maleta y, deseando salir de la habitación que parecía oler a los Zavros, bajó con su hijo a la piscina.

Mientras Theo chapoteaba, riendo, ella tuvo una horrible premonición.

El hijo de Ari. El nieto de Maximus Zavros.

¿Pensaban solicitar oficialmente la custodia del niño?

A la gente como ellos seguramente no le importaba destrozar la vida de los demás. Si querían algo, lo conseguían. Como las habitaciones en el hotel. Casi cualquier cosa podía ser manipulada con dinero.

Y Tina no podía evitar sentir miedo del futuro. Estaría en una isla, la isla de los Zavros, durante los próximos cinco días y sería imposible no conocer a la familia de Ari porque, naturalmente, acudirían a la boda.

Irónicamente, haberle echado en cara en Dubái que era el padre de su hijo ya no era un error mayúsculo porque se hubiera enterado en la boda de cualquier modo. Aparentemente, desde que Cassandra se prometió con George había sido inevitable que se encontrase con Ari.

La cuestión era cómo lidiar con ello.

¿Debería contarle a su madre la verdad?

Le dolía la cabeza al pensar en lo que podría pasar si revelaba su secreto. No, sería mejor esperar, decidió. Al menos hasta el día siguiente, después de haber hablado con Ari. Entonces se habría hecho una idea de qué quería y qué podía hacer ella al respecto.

Al día siguiente era el cumpleaños de Theo.

El primero que pasaría con su padre.

Tina sabía que iba a odiar cada minuto.

Capítulo 5

ESTABAN a punto de ir al restaurante a desayunar cuando Ari llamó a su habitación. Nerviosa, Tina insistió en que su madre fuera con Theo mientras ella hablaba con «aquel hombre tan simpático» para saber con qué iba a tener que lidiar ese día.

–Le has contado a tu padre lo de Theo, ¿verdad?

–Sí, lo he hecho –respondió él–. Mi padre tiene derecho a saberlo, como lo tengo yo. Un derecho que tú me has negado durante cinco años, Christina.

–Tú dejaste bien claro que no querías saber nada de mí.

–Y tú podrías haber intentado localizarme. Mi familia es muy conocida en Grecia y una simple búsqueda en Internet...

–Sí, claro –lo interrumpió Tina–. Puedo imaginar cuánto te habría gustado que una mujer de la que no querías saber nada te persiguiera. Cualquier contacto por mi parte y habrías salido corriendo.

–No si me hubieras dicho que estabas embarazada.

–¿Me habrías creído?

Ari vaciló durante un segundo y esa vacilación confirmó las dudas de Tina.

–Habíamos usado protección. No pensé que esto pudiera pasar –dijo Ari después, intentando justificarse–. Pero al menos habría intentado averiguar si era verdad.

–Ah, claro. Habrías desconfiado de mí.

–En cualquier caso, la situación ahora es diferente y no pienso estar alejado de mi hijo por más tiempo.

Su tono implacable dejaba bien claro que iba a solicitar la custodia legal de Theo. Pero necesitaba tiempo, pensó. Intentando controlar el pánico, Tina decidió negociar con él.

–En Atenas dijiste que podríamos hacer esto de la manera más fácil o más difícil –le recordó.

–Y lo decía en serio. ¿Quieres sugerir algo?

–Una vez me cambiaste la vida y supongo que nada podrá evitar que vuelvas a hacerlo. Pero por favor, no estropees la boda de mi hermana. Eso sería muy egoísta... algo típico en ti, por cierto. Pero si no le cuentas nada a nadie, intentaré ponértelo fácil para que conozcas a tu hijo en los próximos días.

El silencio que siguió a su oferta le estaba destrozando los nervios, pero Tina apretó los dientes.

–¿Cuándo fui egoísta contigo mientras estábamos juntos, Christina? –le preguntó Ari entonces, indignado.

–Me hiciste creer algo que no era verdad... para tu propio beneficio –le espetó ella–. Y si le haces eso mismo a Theo, te juro que lo pagarás muy caro.

–¡Ya está bien! –exclamó él entonces–. Acepto el acuerdo: no diré nada durante la boda. Pero nos veremos en el hotel en una hora y pasaremos el día juntos, con nuestro hijo.

Después de decir eso cortó la comunicación y Tina colgó el auricular con manos temblorosas. Al menos no estropearía la boda de Cass, pensó. En cuanto al resto... lo único que podía hacer era lidiar con aquella situación día a día.

Ari estuvo una hora recordando el ofensivo comentario de Christina, furioso y resentido. Él no estaba acostumbrado a que lo insultasen y tampoco a sentirse tan agitado por una mujer. Era por Theo, razonó. Era natural que cualquier cosa relativa a su hijo lo afectase.

En cuanto a Christina, su hostilidad hacia él no era razonable en absoluto. Ari recordaba haberle hecho regalos, haberle dicho las cosas que todas las mujeres querían escuchar... ningún otro hombre podría haber sido mejor amante para ella.

¿Era culpa suya que el preservativo hubiera fallado, dejándola embarazada?

Él no había querido arruinar su vida. De haberlo sabido, habría lidiado de manera honorable con la situación. Christina podría haber vivido rodeada de lujos durante esos años y siendo parte de una familia en lugar de lidiar sola con la maternidad.

Había sido su decisión tener a Theo sola. No había dejado que él tuviese nada que ver, de modo que si alguien merecía ser criticado por aquella situación, era ella. Había sido muy egoísta por parte de Christina negarle la paternidad de Theo.

Sin embargo, no había nada egoísta en no querer arruinar la boda de su hermana.

Y no recordaba que Christina hubiera sido egoísta en absoluto mientras estaban juntos. Nada que ver con Felicity Fullbright. De hecho, todo lo contrario; una delicia de persona en todos los sentidos.

Poco a poco, se calmó lo suficiente como para recordar sus palabras de condena: «Me hiciste creer algo que no era verdad para tu propio beneficio».

¿Qué le había hecho creer?

La respuesta era muy sencilla, por supuesto. Christina era entonces joven e inexperta y posiblemente habría interpretado sus cariñosas palabras como genuino amor por ella. De modo que cuando se marchó de Australia debió de sentirse dolida. Tanto que probablemente no había querido hablarle del embarazo porque no podía soportar la idea de volver a verlo.

Y seguramente también habría temido que le hiciese daño a Theo... fingiendo quererlo para abandonarlo después.

Tenía que hacerla cambiar de opinión sobre él, decidió. Hacerla entender que él nunca abandonaría a su hijo, demostrarle que Theo sería recibido en su familia con los brazos abiertos.

En cuanto a convencerla para que se casaran... eso no iba a ser tan fácil. Ella lo fulminaría con esos ojos negros suyos si intentaba seducirla.

Entonces ¿qué podía hacer?

Christina acababa de ofrecerle un trato.

¿Por qué no ofrecerle uno a ella?

Un trato tan atractivo que no pudiese rechazarlo.

Ari iba dándole vueltas a la cabeza mientras se dirigía al hotel...

–Parece un dios griego –comentó su madre con tono admirativo cuando Ari Zavros entró en la terraza del restaurante.

A Tina se le encogió el estómago. Ella había pensado eso mismo una vez: un dios griego con reflejos dorados en el pelo, brillantes ojos de color ámbar y una piel que brillaba como el bronce. Y, por supuesto, seguía siendo así.

Los pantalones y la camisa blanca que llevaba aquella mañana le daban un aspecto aún más atractivo, destacando su físico atlético, la masculina fuerza de sus brazos y sus piernas, el ancho torso. Era un hombre increíblemente carismático, debía reconocerlo.

Pero esta vez, Tina no estaba a punto de caer a sus pies.

–Y trae regalos –murmuró, mirando el paquete que llevaba bajo el brazo.

–¿Para mí? –exclamó Theo.

Ari sonrió.

–Sí, es tu regalo de cumpleaños. Feliz cumpleaños, Theo.

–¿Puedo abrirlo? –preguntó el niño, que no podía contener su emoción.

–Antes deberías darle las gracias, cielo –le recordó Tina.

–Muchas gracias, Ari –dijo Theo.

–De nada. Es algo para que construyas cuando no tengas nada que hacer.

Era una estación de tren de la marca Lego, descubrió Theo, encantado.

–Le gustan muchos los juegos de construcción –dijo su madre, cada vez más entusiasmada con el dios griego.

–Lo había imaginado –replicó Ari–. Mis sobrinos tienen la habitación llena de ellos.

–Hablando de familia –dijo su madre entonces–, tu padre parece insistir en pagar los gastos de nuestra estancia aquí, pero...

–Es un placer, señora Savalas –la interrumpió él, con una sonrisa en los labios–. Si se hubieran alojado en Patmos, la familia de George habría hecho lo mismo. Aquí, en Santorini, mi padre es su anfitrión y me ha pedido que los invitase a cenar esta noche en casa. Así no serán extraños durante la boda.

Su madre se derritió, por supuesto.

–Qué amable.

Tina fulminó a Ari con la mirada. ¿Había mentido sobre el acuerdo? ¿Y sus padres? ¿Les habría advertido que no debían revelar su parentesco con Theo?

Como siempre, Ari tenía su propia agenda y no estaba segura de que fuese a respetar la suya. De modo que, en lugar de derretirse como su madre, Tina apretó los puños, dispuesta a la batalla.

Pero Ari seguía sonriendo.

–Le he contado a mi madre que hoy es tu cumpleaños, Theo, y ella ha decidido hacer una tarta con cinco velas para que las soples y pidas un deseo. Tienes todo el día para pensar qué deseo vas a pedir.

Todo el día para meterse en el corazón de su hijo con su encanto y su carisma, pensó Tina. Ella sabía muy bien que Ari podía ser maravilloso durante un tiempo limitado. Lo que la preocupaba era el futuro, lo constante que podría ser con sus afectos.

–¿Va a venir de excursión con nosotros, señora Savalas? –preguntó luego, probablemente para intentar ponerla de su lado.

–No, no, yo prefiero ir al pueblo paseando. Quiero ver la iglesia en la que tendrá lugar la ceremonia, hacer algunas compras, visitar museos... –su madre sonrió, mirándolo con una expresión que no le gustó nada–. Es mejor que los jóvenes os vayáis sin mí.

Tina tuvo que hacer un esfuerzo para no poner los ojos en blanco. Evidentemente, su madre estaba haciéndose ilusiones: un hombre muy guapo, una hija soltera, una isla griega...

–Pero, por supuesto, iré a la cena esta noche –añadió.

Tina contuvo un gemido.

No había manera de escapar.

Había aceptado dejar que Ari entrase en sus vidas a cambio de su silencio hasta después de la boda, pero si él o sus padres contaban la verdad tendrían que oírla por poner sus intereses por encima de todo lo demás.

Después de volver un momento a su habitación para dejar el regalo y recoger sombreros y bañadores, Tina y Theo se encontraron con Ari en la puerta del hotel y fueron caminando hasta el pueblo más cercano, Fira, que estaba a cinco minutos.

Tina había colocado al niño entre los dos deliberadamente, de modo que Theo iba de su mano y, sin saberlo, de la mano de su padre. Se preguntó entonces cómo iba a contarle la verdad... y cuál sería la reacción de su hijo.

—¿Tus padres saben de nuestro acuerdo? —le preguntó.

—Lo sabrán cuando llegue el momento —respondió él.

Tenía que creerlo, no podía hacer otra cosa. Y esperaba que esa promesa no fuera tan falsa como las palabras que le había dicho a ella en el pasado. ¿Jugaría limpio esta vez?, se preguntó. Esperaba que así fuera porque lo importante no eran ellos sino Theo, un niño de cinco años.

La vista de los acantilados era espectacular desde el camino y Theo, emocionado, señaló dos espléndidos barcos que surcaban el mar.

—¿Vamos a ir en uno de esos barcos?

—No, esos son cruceros. Son tan grandes que no pueden acercarse a la costa —respondió Ari—. Nosotros iremos en uno más pequeño... incluso podrás llevar el timón un rato.

Theo no daba crédito.

—¿De verdad?

Ari soltó una carcajada al ver la expresión incrédula del niño.

—Tú serás el capitán, aunque yo te diré lo que debes hacer.

–¿Has oído eso, mamá? Voy a ser el capitán del barco.

–¿Tu barco, Ari? –le preguntó Tina, convencida de que su intención era malcriar al niño dándole todo lo que quisiera.

–Es el barco de la familia.

Su familia. Su rica familia. ¿Cómo iba a evitar que sedujera a Theo con su dinero? Él era un niño inocente, como lo había sido ella cuando lo conoció. Theo se quedaría impresionado y el resultado sería una guerra entre los dos para conseguir su cariño.

Se le encogió el corazón mientras paseaban por el pueblo. Sería tan fácil para Ari ganarse el afecto de Theo como lo había sido ganarse el suyo seis años antes. Incluso ahora, sabiendo que era un mentiroso, tenía que hacer un esfuerzo para contener la atracción que sentía por él.

Después de Ari, ningún otro hombre le había interesado, ni uno solo en esos seis años. Mientras él había salido con una interminable cantidad de mujeres tan guapas como la rubia de Dubái... y probablemente docenas más como ella.

Ari Zavros había sido el único hombre en su vida, pero ella no había significado nada para él. Solo se mostraba interesado porque era la madre de su hijo.

En el camino que llevaba a la iglesia encontraron una tienda de recuerdos con un burrito de piedra en la puerta. El animal estaba pintado de rosa y tenía un buzón para que los turistas echasen sus postales.

–¿Puedo subirme al burro? –le preguntó Theo–. Al final, no me subí al camello en Dubái.

–Pronto te subirás a uno de verdad. ¿No es mejor eso? –sugirió Tina.

Theo negó con la cabeza.

–Pero no será rosa. Hazme una foto, mamá.

–Tenemos que hacer lo que quiera porque hoy es su cumpleaños –intervino Ari, tomando al niño en brazos para sentarlo sobre la grupa del burro.

Los dos estaban sonriendo y se parecían tanto que, mientras hacía la fotografía. Tina tuvo que contener su emoción.

–Ahora, si te pones al lado de Theo, os haré una foto juntos –sugirió Ari.

–¡Sí, mamá!

Tina se colocó al lado de su hijo.

–Sonríe –la animó Ari.

Ella intentó sonreír, aunque no le resultó fácil.

Después de hacer la foto, Ari sacó un IPod del bolsillo para hacerles otra. Seguramente para enseñársela a sus padres, pensó Tina.

«Esta es la madre de Theo y este es vuestro nieto». Eso saciaría su curiosidad sobre ellos, pero solo se fijarían en Theo al notar el parecido. Sería un Zavros, no un Savalas.

–Tienes una sonrisa preciosa, Christina –dijo Ari mientras bajaba al niño del burro.

–No sigas por ahí –murmuró ella, mirándolo con hostilidad. No podía soportar que la halagase cuando probablemente estaba preparando un golpe para robarle la custodia de su hijo.

Él la miró con el ceño fruncido.

–¿Por qué?

Theo estaba distraído mirando las postales y eso le dio la oportunidad de hablar con él a solas.

–No me gusta que me hagas cumplidos.

–Solo estaba diciendo la verdad.

–Esos cumplidos me recuerdan lo tonta que fui contigo, pero no voy a dejarme engañar otra vez, Ari.

Él hizo una mueca.

–Siento mucho que creyeras que nuestra relación era algo más de lo que yo pretendía, Christina.

–¿Y qué pretendías exactamente cuando me decías que yo era especial, que no habías conocido a nadie que se pareciese a mí? –replicó ella.

La mirada masculina hizo que sintiera una ola de calor desde el pelo a la punta de los pies.

–Eras especial, Christina. Entonces yo no estaba preparado para mantener una relación seria, pero ahora sí lo estoy. Y quiero casarme contigo.

El corazón de Tina se detuvo durante una décima de segundo. Eso era completamente inesperado. Era por Theo, le decía el sentido común. Ari pensaba que era la manera más fácil de conseguir su custodia. Lo que ella quisiera era irrelevante.

–Olvídalo –le dijo–. No voy a cambiar de vida para tu conveniencia.

–Podría hacerlo conveniente para ti también –replicó él.

–¿Ah, sí? ¿Cómo?

–Tu vida sería mucho más fácil si estuvieras casada conmigo. No tendríamos que pelearnos por Theo y tendrías la oportunidad de hacer lo que quisieras.

–El matrimonio no es garantía de nada. No vas a convencerme.

–¿Y si te diera garantías? Firmaremos un acuerdo antes de casarnos por el que Theo y tú tendréis seguridad económica durante el resto de vuestras vidas –Ari sonrió, irónico–. Puedes verlo como un pago por lo mal que te lo he hecho pasar.

–Yo puedo mantener a Theo sola. No te necesito para nada.

–Pero no puedes darle todo lo que puedo darle yo.

–El dinero no lo es todo en la vida –replicó Tina–. Además, no quiero casarme contigo. Ese matrimonio sería un desastre.

Ari frunció el ceño.

–Yo recuerdo el placer que sentíamos al hacer el amor. Y puede volver a ser así, Christina.

Ella se puso colorada al recordar cómo lo había amado entonces...

–¿Crees que una luna de miel es un matrimonio? –replicó, sin embargo–. Casarnos sería algo absurdo. Lo único que quieres es tener acceso a tu hijo y, cuando tengas eso, lo demás te dará igual. Conocerás a otras mujeres «especiales» y olvidarás que estás casado.

–No tiene por qué ser así.

–¿De verdad puedes prometer que eso no ocurriría?

–Si formamos una familia, seré un marido fiel –prometió Ari.

–¿Cómo voy a creerte?

–Esta noche conocerás a mis padres. Su matrimonio fue concertado entre las dos familias, pero están locos el uno por el otro. No veo por qué nosotros no podemos hacer lo mismo... por el bien de nuestro hijo.

–Yo no confío en ti –insistió Tina–. No tengo razones para confiar en ti.

–Entonces, podemos firmar un acuerdo prematrimonial.

–No te entiendo.

–Si pidieras el divorcio por una infidelidad mía, te quedarías con la custodia de nuestros hijos, además de recibir una compensación económica.

Tina volvió a quedarse asombrada.

–¿Irías tan lejos?

–Sí –respondió Ari–. Eso es lo que te ofrezco, Christina. Piénsalo.

Capítulo 6

ARI ESTABA profundamente enfadado consigo mismo. Christina lo había empujado a hacer un ofrecimiento absurdo... debería haberse limitado a la compensación económica y no incluir que se quedase con la custodia de sus hijos si no le era fiel. Si seguía mostrándose fría y antipática con él, se habría condenado a sí mismo a una relación insoportable, pero ya no podía dar marcha atrás.

El deseo de ganar era algo que llevaba en la sangre, pero normalmente el sentido común le advertía del precio que iba a pagar por cada victoria.

¿Por qué no se había parado a pensar en aquella ocasión? Era como si Christina lo hipnotizase con ese fiero deseo de luchar contra él a cada paso, haciendo que la deseara a cualquier precio.

Pero se jugaban mucho. Él quería la custodia de Theo; quería que viviera en su casa, no al otro lado del mundo. Pero también quería ganarse el afecto de Christina.

Tal vez porque el instinto le decía que podía ser una esposa con la que sería feliz. Desde luego, había demostrado ser una madre cariñosa y preocupada por su hijo. En cuanto a compartir cama... estaba seguro de que podrían llegar a un acuerdo.

Una vez, Christina había sido masilla entre sus manos; una joven virgen cuyos pétalos había ido abriendo poco a poco hasta verla florecer del todo. Pero ahora era una mujer adulta y el poder de su pasión lo excitaba. Era una pasión negativa hacia él, desde luego, pero si pudiese darle la vuelta, si pudiese convencerla de que su intención era buena...

Tenía una sonrisa preciosa, además. Le gustaría que sonriera para él y querría ver sus magníficos ojos castaños brillando de placer... por él.

La cama matrimonial no tenía por qué ser fría. Tenía que seducirla o acababa de firmar el peor acuerdo de su vida.

Mientras paseaban por el pueblo iba observando a aquella nueva Christina. El pelo corto le quedaba bien, destacando sus altos pómulos y su largo cuello. Tenía los labios gruesos, como los de Angelina Jolie, aunque no tan pronunciados. No era tan delgada como su hermana Cassandra, ni tan alta. De hecho, era voluptuosa, sus pechos más grandes que seis años atrás, su cintura y sus caderas no tan estrechas, probablemente por el parto. Y resultaba provocativamente femenina.

Aquel día llevaba un top de rayas blancas y amarillas cortado al bies. Parecía de diseño, pensó; posiblemente un regalo de Cassandra. Lo llevaba con un pantalón pirata blanco... y desde luego tenía piernas para lucirlo: unas piernas que Ari quería a su alrededor lo antes posible.

Sería una buena esposa, pensó, una de la que estaría orgulloso y a la que no engañaría si conseguía que respondiera a sus caricias.

Y él haría que así fuera.

De una forma o de otra, lo conseguiría.

¡Casarse! Nunca, ni en sus más locos sueños había imaginado que Ari Zavros le pediría que se casara con él desde que se marchó de Australia, destrozando cualquier ilusión romántica por su parte. Pero aquello no era un romance, era un trato calculado para conseguir lo que quería y probablemente pensaba que podría engañarla en cuanto a lo de ser fiel.

¿Cómo iba a creer que Ari Zavros le sería fiel?

Mientras paseaban por las callejuelas del pueblo, llenas de tiendas, las mujeres se lo comían con los ojos. Y cuando se detuvieron en una tienda para comprar un bonito pañuelo, la dependienta no dejaba de mirarlo a él en lugar de mirarla a ella.

Era un imán para las mujeres, evidentemente. Pero lo peor de todo era que, pesar de cómo la había dejado, Tina no era inmune a su atractivo y eso hacía que el posible acuerdo fuese doblemente peligroso. Casarse con él sería una locura, pero lo mejor sería fingir que lo estaba pensando hasta después de la boda de Cass.

Entonces podría contar la verdad sin disgustar a nadie. Incluso podrían hablar sobre derechos de visita. No le negaría que viese al niño ya que parecía tan decidido a abrazar su recién descubierta paternidad, pero para eso tendría que ir a Australia. Grecia no era el hogar de Theo y ella no pensaba dejar que eso cambiase.

Poco después llegaron al otro lado del pueblo, donde un tranvía llevaba a los turistas al puerto. Aunque también se podía bajar en burro. Tina habría preferido tomar el tranvía, pero Ari estaba decidido a darle a Theo todos los caprichos y no protestó mientras elegía tres burros para hacer el recorrido; el más pequeño para Theo, el más grande para él mismo y uno de tamaño normal para ella.

Ari sentó a Theo sobre el animal, pero Tina rechazó su ayuda, usando una banqueta para subirse. No quería que la tocase ni tenerlo demasiado cerca. Su ridícula oferta de matrimonio ya la había afectado más que suficiente.

Ari sonrió mientras subía a su burro, seguramente convencido de que iba a salirse con la suya.

–Yo iré al lado de Theo –se ofreció–. Si tú vas detrás de nosotros, podré controlar a los tres animales.

–¿Por qué? ¿Es fácil que pierdan el control? –preguntó Tina, alarmada.

–Les dan de comer abajo y algunos tienen tendencia a ir más deprisa de lo que deberían.

–Ah, vaya, qué bien.

Ari sonrió.

–No te preocupes, yo cuidaré de vosotros. Te lo prometo, Christina.

En sus ojos había un mensaje claro: era una promesa de futuro.

Pero Tina no estaba dispuesta a dejarse convencer. Aunque debía admitir que logró controlar a los tres burros mientras bajaban por un camino serpenteante hasta el viejo puerto. Y, mientras tanto, respondía a las preguntas de Theo con la paciencia de un padre indulgente.

Su hijo lo estaba pasando en grande y, cuando lo bajó del burro, Theo lo abrazó impulsivamente.

–Tomaremos el tranvía para volver –anunció Ari, sin poder disimular una sonrisa.

–Muy bien.

–¿Cuál es tu barco? –preguntó Theo, deseando empezar la aventura.

Ari lo señaló con el dedo.

–Ese de ahí, el que está entrando ahora mismo en el puerto.

–Parece que ya tienes un capitán –comentó Tina.

–A Jason no le importará dejarle el timón mientras prepara el almuerzo –dijo Ari–. Cuando nadie de mi familia está usando el barco, solemos alquilarlo para los turistas, hasta ocho personas por viaje. Y hoy Jason solo tendrá que cuidar de tres.

Tina no dijo nada más. Además, estaba segura de que lo tenía todo preparado para impresionar a Theo. Su misión era hacerlo creer que era un hombre maravilloso.

Había sido maravilloso con ella durante los tres meses que estuvieron juntos, pero eso no había durado.

El barco era tan brillante que parecía nuevo. Un toldo blanco y azul daba sombra a la cubierta, que tenía bancos con cojines de los mismos colores. Tina se sentó en uno de ellos e intentó relajarse mientras Jason se encargaba del timón y Ari llevaba a Theo a ver los camarotes.

La cena de esa noche no sería fácil para ella, pensó mientras intentaba concentrarse en el paisaje, pero al menos su madre estaría allí. Y a pesar del estrés que le provocaba conocer a los padres de Ari, se dijo a sí misma que necesitaba ver su casa y el ambiente en el que vivía para comprobar si era un buen sitio para las visitas de Theo... si llegaban a un acuerdo.

–No puedo beber Coca-Cola –estaba diciendo su hijo–. Mi madre dice que no es buena para mí. Pero puedo beber un zumo.

«Bienvenido al mundo de los padres, Ari. No todo son juegos y diversión. Ser prudente y estricto con tu hijo es importante también».

¿Se preocuparía Ari de que Theo comiese de manera sana y de que hiciera sus deberes o se limitaría a contratar a una niñera?

Eso era algo de lo que debería hablar con él.

–Muy bien, ¿qué te apetece? –le preguntó Ari.

–Zumo de naranja.

–¿Y qué toma tu mamá?

–Agua. Bebe mucha agua.

–¿No bebe vino?

«No desde que tú pusiste embriagadoras burbujas en mi cerebro».

–No, bebe agua, café o té –respondió Theo.

–Bueno, después de este paseo, yo creo que un vaso de agua fresca le gustará.

–Sí –asintió el niño.

Ari llevó las bebidas mientras Theo llevaba vasos y cubiertos de plástico que colocó sobre la mesa. Luego, Ari volvió a la cocina y reapareció con una bandeja de quesos, galletas saladas, frutos secos, aceitunas y uvas.

–Espero que os guste.

–A mí me gustan mucho las aceitunas –anunció Theo.

–Ah, como a un auténtico griego –dijo Ari, orgulloso.

–Theo es australiano –lo contradijo Tina inmediatamente.

–Pero la abuela es griega, mamá.

–Definitivamente, tiene sangre griega –afirmó Ari, mirando a Tina con gesto desafiante.

–Sí, es cierto –admitió ella, pensando que lo mejor sería discutir el asunto cuando el niño no estuviera presente.

Pero Theo era un ciudadano australiano y los jueces australianos se pondrían de su lado. Al menos, tenía eso a su favor.

Ari le hablaba a Theo del volcán mientras navegaban hacia lo que quedaba de él, contándole que había estallado y destruido todo a su paso. El niño lo escuchaba, fascinado y deseando pisar el cráter en cuanto llegasen a él.

Nadaron en los manantiales de agua caliente de Palea Kameni, otra aventura emocionante para Theo. Tina no quería ponerse en biquini, pero le gustaba menos dejar a su hijo solo con Ari. Era *su hijo* y temía que él tomase las riendas sin su supervisión.

Desgraciadamente, Ari en bañador era aún más peligroso. Su cuerpo perfectamente proporcionado le llevaba recuerdos de la intimidad que había habido entre los dos...

Le encantaba estar con él en la cama, tocarlo, sentirlo, mirarlo. Le encantaba el intenso placer que le daba con sus caricias. Había sido el mejor momento de su vida y le dolía que solo hubiera sido un «episodio encantador» para él. Y le dolía más no poder controlar su traidora reacción.

Podría hacerlo si se casaba con él, pensó. Pero acostarse con él no sería igual que antes. No podría entregarse por completo sabiendo que no era el amor de su vida como una vez había creído. Habría demasiadas sombras en su cama.

Resultó más fácil apartar los recuerdos cuando volvieron al barco vestidos. Ari con ropa no era tan devastadoramente seductor.

Theo y él sujetaban juntos el timón, jugando a ser capitanes mientras iban hacia el pueblo de Oia, y era evidente cuánto estaba disfrutando su hijo.

Jason había preparado pescado fresco a la plancha y una ensalada y, después de tanta actividad y con el estómago lleno, Theo se quedó dormido.

—No hay nada más agradable que dormir en el mar —dijo Ari.

—Sí, claro —asintió Tina—. Pero creo que cuando despierte deberíamos volver al hotel. Hemos hecho todo lo que le habías prometido y debería descansar un rato... podría jugar con el Lego que le has comprado.

—Muy bien —asintió él, mirándola con un brillo de admiración en los ojos—. Has hecho un buen trabajo con él, Christina. Es un niño estupendo.

Ella apretó los dientes, decidida a no dejarse seducir por sus halagos.

–Creo que es importante inculcarle ciertos principios lo antes posible –murmuró, apartando la mirada–. No quiero que acabe convirtiéndose en un hombre como tú.

Ari no dijo nada. Su silencio la ponía nerviosa, pero se negaba a mirarlo.

–¿A qué defecto mío en particular te refieres? –le preguntó por fin.

–A pensar que las mujeres son juguetes –respondió ella–. Yo quiero que Theo sea considerado con los demás.

Otro largo silencio.

Por el rabillo del ojo vio que Ari se inclinaba hacia delante, apoyando los codos en los muslos.

–Si no hubieras quedado embarazada, ¿habrías tenido un buen recuerdo de nuestra relación?

–Me dejaste destrozada –respondió ella–. Mis padres me habían educado para ser una buena chica, una que creía que el sexo era parte de una relación amorosa. Pensé que eso era lo que había entre tú y yo... y evidentemente me equivoqué. Y cuando descubrí que estaba embarazada, fue aún peor. Tuve que soportar el disgusto de mi padre y saber, además, que solo había sido una diversión para ti.

En cierto modo era un alivio contarle la verdad, aunque no sabía si eso significaba algo para él o no. Pero tal vez así la trataría con más respeto. Ella no era un peón que pudiese mover a voluntad. Era una persona con derecho a decidir cómo quería que fuera su vida y, en esta ocasión, lo haría según sus principios.

Ari sacudió la cabeza. No estaba acostumbrado a sentirse culpable por sus actos o por las decisiones que tomaba y era una sensación que no le gustaba en absoluto. Christina le había dado una perspectiva nueva sobre su relación y debía escucharla si quería tener una oportunidad con ella.

En ese momento estaba mirando el mar mientras acariciaba distraídamente el pelo de Theo. El niño era la conexión entre los dos, la única conexión con la que podía contar por el momento. Y no estaba seguro de poder seducirla, aunque pensaba intentarlo.

Mientras tanto, tenía que redimirse ante sus ojos o nunca sería vulnerable a la atracción física que, él lo sabía, aún no había muerto del todo.

Había notado cómo lo miraba cuando estaba en bañador... y cómo apartaba la mirada cuando él giraba la cabeza. Intentaba evitar sentirse atraída por él recordando el daño que le había hecho en el pasado...

¿Lo olvidaría alguna vez o tendría que pagar por sus pecados durante el resto de su vida?

—Lo siento —se disculpó—. Estuvo mal por mi parte hacerte el amor. Creo que era tu inocencia lo que te hacía tan atractiva, tan diferente, tan especial. Y cómo me mirabas entonces... era irresistible para mí, Christina. No sé si tendrá importancia para ti, pero no ha habido una mujer desde entonces cuya compañía me haya parecido más agradable o que me haya dado tanto placer.

Y era la verdad, se dio cuenta entonces. Cuando se marchó de Australia, intentó olvidarse de ella, diciéndose a sí mismo que era demasiado joven. Pero en cuanto la reconoció en Dubái había querido estar con ella de nuevo, especialmente después de soportar a Felicity Fullbright.

Christina negó con la cabeza. No lo creía, evidentemente.

—Es cierto —insistió Ari.

Ella se volvió para mirarlo con los ojos brillantes y Ari sostuvo su mirada, intentando convencerla de que podían empezar de nuevo.

—No volviste, Ari —dijo sencillamente—. Te olvidaste de mí.

—Me alejé de ti por razones que entonces me parecieron importantes, pero no te olvidé —replico él—. En cuanto te reconocí en Dubái, de inmediato deseé volver a estar contigo. Y eso fue antes de que me hablases de Theo.

Tina frunció el ceño.

—Estabas con otra mujer —le recordó.

—Sí, pero estaba deseando despedirme de ella antes de verte. Por favor, al menos cree eso —le rogó Ari—. Estoy diciendo la verdad.

Por primera vez vio un brillo de incertidumbre en sus ojos, pero Christina bajó la mirada.

—Dime cuáles eran esas razones.

—En mi opinión, hace seis años los dos estábamos empezando a vivir. Tú acababas de empezar tu carrera como modelo y podrías haber tenido un gran éxito en las pasarelas internacionales. Como ha hecho tu hermana.

Ella hizo una mueca.

–¿No se te ocurrió preguntarte por qué nunca conseguí ser una famosa modelo?

–Pensé que habías decidido quedarte en Australia... a algunas personas no les gusta estar viajando constantemente y eso es lo que hace una modelo.

–No, no es verdad. No volviste porque pensaste que no merecía la pena –insistió Tina.

–Tenía que llevar el negocio de mi familia y eso me parecía lo más importante –insistió Ari–. Pero ahora, después de volver a verte y conocer a mi hijo, mis prioridades están cambiando.

–Dales tiempo, Ari –dijo ella, irónica–. Puede que cambien otra vez.

–No, eso no es verdad. No voy a retirar mi oferta de matrimonio y quiero que la tomes en serio.

–Me lo pensaré –asintió Tina, aunque no parecía convencida–. Pero, por ahora, no me pidas nada más. Yo también estoy cansada...

–Sí, claro.

–Por favor, pídele a Jason que nos lleve a Fira.

–Como quieras –Ari se levantó.

Presionarla no serviría de nada, pensó. Christina no confiaba en él, pero al menos lo había escuchado. Esa noche tendría la oportunidad de enseñarle el ambiente familiar en el que viviría Theo, y debía hacerlo tan atractivo como fuera posible.

Capítulo 7

MIENTRAS Theo estaba ocupado con las piezas del Lego, Tina intentó imaginar cómo habría sido su vida si no hubiera quedado embarazada. ¿Habría conseguido olvidar su desilusión amorosa y canalizar toda su energía en convertirse en una famosa modelo?

Casi seguro que sí.

Entonces solo tenía dieciocho años y, habiendo sido rechazada por Ari, habría querido demostrarle que era especial de verdad, tan especial que lamentase haberla dejado.

Cassandra la hubiese ayudado en su carrera como modelo y, de haber tenido oportunidad, habría intentado llegar a la cima empujada por su deseo de hacer que Ari quisiera volver a verla.

Y si hubiera sido así, ella habría llevado las riendas de la relación. No se habría echado de inmediato en sus brazos; lo habría hecho esperar. No se habría entregado a él hasta que le hubiera declarado su amor incondicional, hasta que le hubiese propuesto matrimonio.

Que era lo que había hecho aquel día.

Pero las circunstancias eran muy diferentes. Se

lo había pedido por Theo, de modo que su proposición de matrimonio no significaba nada.

Aunque los ojos de Ari se habían iluminado al verla en Dubái.

Pero solo porque era un grato recuerdo.

Ella ya no era la cría ingenua que había sido cuando lo conoció y no volvería a serlo nunca, de modo que era imposible que sintiera lo mismo que sintió entonces. Y Ari debía saber eso. Palabras vacías, promesas más vacías aún.

No iba a dejar que la afectase nada de lo que dijera. Y tampoco su atractivo físico, que era una distracción continua; un atractivo que la hacía querer creer que era sincero cuando probablemente lo único que quería era seducirla. Era importante mantenerse serena esa noche, pensó. Ari tenía derechos en cuanto a la paternidad de Theo, pero no tenía ninguno sobre ella.

Seguía haciendo mucho calor cuando llegó el momento de vestirse para la cena. Su madre, por supuesto, eligió el color negro; una elegante túnica con un montón de collares dorados para darle un aire festivo.

Tina eligió un vestido blanco y rojo de algodón, sandalias blancas y unos pendientes con caracolas que había comprado en el pueblo.

A Theo le puso un pantalón corto azul, sandalias del mismo color y una camiseta marinera con rayas rojas. Y el niño insistió en que le pusiera la chapita con la cara sonriente y el número cinco que Ari le había comprado por la mañana.

—¡Mira, la llevo puesta! —exclamó, orgulloso, cuando Ari fue a buscarlos al hotel.

Él rio, tomándolo en brazos.

—Cumplir cinco años es una cosa muy importante.

Tina no tenía la menor duda de que Theo adoraría a un padre como Ari y se le encogió el corazón al pensar en cómo iban a cambiar las cosas cuando tuviese que admitir la verdad. Los padres de Ari ya lo sabían, pero esperaba que durante la cena se mostrasen discretos.

La casa familiar estaba cerca de la famosa bodega Santo, les había dicho. Y eso le recordó que había ido a Australia para estudiar la industria vitivinícola. Aunque era difícil olvidarlo porque al otro lado de la ventanilla no había más que viñedos.

Por fin, llegaron al hogar de los Zavros y la entrada semicircular, dominada por una fuente con tres sirenas en el centro, fascinó a Theo. La casa, que estaba formada por tres edificios, era de estilo mediterráneo y, naturalmente, pintada de blanco, como la mayoría de los edificios en Santorini.

Ari los llevó al edificio central, el más grande. Todo daba una sensación de riqueza, algo a lo que Tina no estaba acostumbrada.

—Cenaremos en la terraza —les informó, llevándolos por un largo pasillo con el suelo de mosaico.

Poco después llegaban a una terraza frente a una piscina de aguas azules que se confundía con el mar. A la izquierda había una pérgola cubierta de parras y el corazón de Tina se aceleró al ver a una pareja mayor. Los padres de Ari, sin duda.

Los dos se levantaron para saludarlos y Tina tuvo que hacer un esfuerzo para disimular la tensión cuando miraron a Theo fijamente. Por suerte, de inmediato saludaron amablemente a su madre y esperaron que ella les presentase a su hija y su nieto.

Maximus Zavros era una versión mayor de Ari. Su mujer, Sophie, que seguía siendo una mujer muy guapa, tenía el pelo ondulado, los ojos castaños y una figura ligeramente oronda, pero con curvas. Aunque sonreían durante las presentaciones, Tina se percató de que estaban estudiándola y fue un alivio cuando por fin volvieron a mirar a Theo.

—Así que este es el chico que cumple años —dijo Sophie.

—¡Cinco! —exclamó Theo, señalando su chapa.

—Yo soy Maximus, el padre de Ari.

—¿Te llamas Maximus?

—Sí —respondió el padre de Ari—. Pero si es más fácil para ti, puedes llamarme Max.

—No, me gusta Maximus —dijo Theo—. Mi mamá me llevó a ver una película sobre una chica con el pelo muy largo... ¿cómo se llamaba, mamá?

—Rapunzel —respondió Tina, conteniendo el deseo de poner los ojos en blanco porque sabía lo que iba a pasar.

—Rapunzel —repitió Theo—. Pero lo mejor de la película era su caballo, que se llamaba Maximus. ¡Era un caballo estupendo!

—Ah, me alegro de que lo fuera —el padre de Ari sonrió, indulgente.

—Lo hacía todo bien —siguió el niño—. Y al final de la película salvó a Rapunzel, ¿a que sí, mamá?

—Sí, claro.

El padre de Ari se puso en cuclillas para mirarlo a los ojos.

–Creo que voy a comprar esa película. A lo mejor podemos verla juntos algún día. ¿Eso te gustaría?

–Sí, mucho.

–Bueno, yo no soy un caballo, pero puedo llevarte a caballito.

Maximus tomó a su nieto en brazos y trotó con él hasta la mesa, haciendo reír al niño.

A Tina le sorprendió que un hombre tan poderoso fuese tan juguetón, pero era una sorpresa agradable.

Su madre y Sophie estaban riendo, totalmente cómodas la una con la otra.

–Relájate, Christina –le dijo Ari en voz baja–. Solo queremos que esta noche sea especial para él.

–¿Les has dicho que quieres casarte conmigo? –le preguntó ella, para saber si sus padres estaban estudiándola como posible nuera.

–Sí, pero no tienes que darme una respuesta esta noche. Esta es una cena familiar, nada más.

Parecía tan sincero...

Aquel era un escenario muy diferente, con las dos familias involucradas, y decidió juzgar la noche según lo que pasara. Para empezar, se dijo a sí misma que debía alegrarse de que los padres de Ari fuesen gente amable porque era inevitable que Theo tuviera que relacionarse con ellos en el futuro.

En cuanto todos estuvieron sentados apareció un empleado con dos bandejas de entrantes. Uno más llegó después con jarras de agua con hielo y zumo de naranja.

–¿Puedo convencerte para que pruebes uno de los vinos de la zona? –le preguntó Maximus.

Tina negó con la cabeza.

–No, gracias. Prefiero beber agua.

–¿Y tú, Helen?

–Sí, por favor. He probado dos de los vinos que han llevado a mi habitación y me han parecido estupendos.

–Me alegro de que así sea –Maximus le hizo un gesto al empleado para que sirviera el vino mientras él mismo servía agua a Tina y zumo de naranja a Theo–. Ari me ha dicho que nadas como un pez.

–Me gusta mucho nadar –asintió el niño.

–¿Te ha enseñado tu mamá?

Theo miró a su madre, inseguro.

–¿Me has enseñado tú?

–No, cariño. Te llevé a clases de natación cuando solo tenías nueve meses. Siempre te ha gustado mucho el agua y aprendiste a nadar muy pequeñito –Tina se volvió hacia Maximus–. Es importante para un niño australiano aprender a nadar cuanto antes. En la mayoría de las casas tienen piscina y cada año hay más casos de niños que se ahogan.

–Ah, vaya.

–Además, vivimos cerca de la playa de Bondi, de modo que quería que Theo se sintiera a gusto en el agua.

–Muy sensata –aprobó Maximus, señalando la piscina–. Aquí tampoco habrá peligro para él.

Ese fue el principio de muchos y nada sutiles recordatorios de que aquella era también la casa de Theo. Tanto Maximus como Sophie parecían querer recibir a su nieto con los brazos abiertos y no había ni la menor sombra de crítica por no haber sabido de su existencia hasta ese momento.

Los padres de Ari parecían decididos a caerles en gracia y Tina notó que su madre charlaba animadamente con Sophie sobre la boda de Cass.

En el barco, Theo le había contado a Ari que el *souvlaki* y la ensalada de tomate eran sus platos favoritos... y eso fue lo que sirvieron de cena. Cuando llegó la tarta de cumpleaños, Ari le recordó que debía pedir un deseo mientras soplaba las velas y todos aplaudieron cuando el niño consiguió apagarlas de una vez.

La tarta era de chocolate y Theo, por supuesto, fue el primero en terminar su porción.

–¿Mi deseo se hará realidad, Ari? –le preguntó.

–Eso espero. Aunque si has pedido un caballo como Maximus, tal vez eso haya sido pedir demasiado.

–¿Desear un papá es demasiado?

Tina se quedó sin aire. El silencio en la mesa podía cortarse con un cuchillo.

–No, eso no sería pedir demasiado –respondió Ari por fin.

Su madre tomó a Theo en brazos para sentarlo sobre sus rodillas.

–Echas de menos a tu abuelo, ¿verdad, cariño? –Helen sonrió, mirando a Sophie–. Mi marido murió el año pasado... y adoraba a Theo. No hemos tenido hijos y tener un nieto fue como un regalo.

–Sí, lo comprendo –asintió Sophie, mirando a Tina con una expresión que la conmovió.

–Hoy lo ha pasado muy bien con Ari –estaba diciendo su madre.

–A mi hijo se le dan muy bien los niños –se apresuró a decir Sophie–. Sus sobrinos lo adoran. Algún día será un gran padre.

Estaba hablando con su madre, pero Tina sabía que esas palabras eran para ella. Y tal vez eran ciertas. Tal vez Ari podría ser un padre maravilloso, pero ser un marido maravilloso era algo completamente diferente.

–Maximus y yo estamos deseando que siente la cabeza y forme una familia.

–Mamá, no me presiones –bromeó Ari.

Suspirando, Sophie y su madre empezaron a comentar que los jóvenes no querían casarse hoy en día, que ya nadie tenía hijos...

–¿Quién lleva el restaurante de tu familia mientras vosotros estáis fuera, Christina? –le preguntó Maximus.

Tina tuvo que tragar saliva antes de responder:

–El chef y el jefe de camareros.

–¿Y confías en ellos?

–Por completo. Antes de morir, mi padre dejó en su testamento que cada uno recibiría un porcentaje de los beneficios, de modo que es en su propio interés que el restaurante funcione.

–Ah, un hombre inteligente.

–Pero el restaurante necesita un gerente y mi padre me encomendó a mí ese trabajo –dijo Tina, orgullosa.

–De modo que respetaba tu trabajo, eso está muy

bien. Pero, como padre griego que soy, sé que eso no era todo lo que quería para ti.

No había manera de negarlo. Su padre no se había opuesto a que intentase hacer carrera como modelo, pero era un hombre anticuado y creía que una mujer solo era feliz con el amor de un buen marido y de unos hijos.

Sin embargo, lo más importante para su padre era el amor y no había amor entre Ari y ella.

—Yo tengo derecho a elegir mi propia vida –le dijo, desafiante–. Y mi padre también respetaba eso.

—Cuando una mujer es madre, la decisión no es tan sencilla. Hay que tener en cuenta las necesidades de los hijos.

—Papá... –empezó a decir Ari, con tono de advertencia.

—Yo siempre tengo en consideración las necesidades de mi hijo –Tina bajó la voz para que su madre no escuchara la conversación–. Y espero que usted tenga eso en cuenta porque yo soy la madre de Theo y lo seré siempre.

No iba a dejar que nadie le quitara a su hijo. Le concedería a Ari derechos de visita, por supuesto, pero no podría soportar separarse de Theo. El dinero y el cariño de los Zavros no podría curar el agujero que la ausencia del niño dejaría en su corazón cada vez que se fuera con su padre.

De repente, sus ojos se llenaron de lágrimas y tuvo que hacer un esfuerzo para disimular.

—Por favor, perdona si he hablado de más –se disculpó Maximus–. Eres una buena madre, Christina. Y eso siempre será respetado por mi familia. El niño es fantástico y... la verdad es que me gustaría verlo más a menudo.

Ari puso una mano sobre la suya.

—Tranquila. Estás entre amigos, no enemigos.

Tina miró su mano, mordiéndose los labios mientras intentaba contener las lágrimas. Le había ofrecido la salida más fácil para no tener una batalla por la custodia de Theo, pero ¿cómo iba a aceptar cuando se sentía tan vulnerable, cuando temía que destrozase su vida de nuevo?

Nerviosa, carraspeó para aclararse la garganta y, sin mirar a ninguno de los dos hombres, anunció:

—Quiero volver al hotel. Ha sido un día muy largo para Theo.

—Sí, claro —Ari apretó su mano—. Y te agradezco mucho que me hayas dejado compartir con él su cumpleaños.

—Ha sido una noche estupenda —asintió su padre—. Gracias, Christina.

Ella asintió con la cabeza para cortar la conversación. Porque, quisieran o no, estaban presionándola.

Theo estaba quedándose dormido sobre las rodillas de su madre y Ari se levantó de la silla.

—Christina está cansada y parece que Theo está listo para irse a dormir, así que es hora de despedirnos.

Los padres de Ari los acompañaron hasta la puerta y Helen les dio las gracias por su hospitalidad. Por supuesto, los tres decían estar deseando volver a verse en la boda de Cass y George.

Maximus y Sophie besaron a Theo antes de que Ari lo colocase en el asiento trasero del coche, a su lado. Tina les dio las gracias por la cena y, por fin, cerró la puerta con un suspiro de alivio.

El niño fue dormido durante todo el camino y Ari y su madre, que iba sentada a su lado, hablaban en voz baja. Tina iba en silencio, con Theo sobre sus rodillas, abrazándolo, sintiéndose más posesiva que nunca y lamentando ya las veces que tendría que separarse de él.

Cuando llegaron al hotel, Ari tomó al niño en brazos e insistió en llevarlo hasta la habitación. Tina no protestó, sabiendo que para su madre eso sería lo más natural. El problema llegó cuando abrió la puerta y, en lugar de darle a Theo, entró directamente en la habitación.

—¿En qué cama? —le preguntó.

Tina pasó a su lado para apartar el embozo y, después de dejar al niño sobre la cama, Ari le dio un beso en la frente; un gesto que la conmovió al recordar el deseo de Theo de tener un papá.

Tenía uno. Y muy pronto tendría que saberlo.

Ari se volvió hacia ella y Tina tragó saliva. Estaba demasiado cerca, peligrosamente cerca, exudando ese magnetismo sexual al que debería ser inmune, pero no lo era. Estar en un dormitorio con Ari Zavros, prácticamente a solas con él, era un mal asunto. De modo que dio un paso atrás, hacia la puerta, haciéndole un gesto para que saliera.

Él se detuvo a su lado y levantó una mano para tocar su mejilla, pero Tina dio un respingo.

—Vete, Ari —le dijo—. Ya has tenido tu día con Theo.

Él frunció el ceño.

–Solo quería darte las gracias.

–Sí, muy bien, pero puedes hacerlo sin tocarme.

–¿Tan repelente te resulto?

Tina tragó saliva, haciendo un esfuerzo para mirarlo a los ojos.

–No te pases, Ari. Ya he tenido suficiente por un día.

Él asintió con la cabeza.

–Te llamaré por la mañana.

–No, mañana es mi día con la familia –replicó ella–. Cassandra y el resto de mis parientes se reunirán con nosotros aquí... nos veremos en la boda.

Por un momento, pensó que Ari iba a protestar. Y le sorprendió cuando dijo:

–Entonces, nos veremos en la boda. Buenas noches, Christina.

–Buenas noches –repitió ella automáticamente, desconcertada.

No había hecho nada malo en todo el día. En realidad, había sido absolutamente encantador. Y seguía deseándolo, a pesar del daño que le había hecho. Nunca había habido otro hombre para ella, pero probablemente Ari hacía que todas las mujeres sintieran eso. Para él no significaba nada y sería una tontería dejar que el deseo nublara su sentido común.

Cuando Theo supiera que Ari era su padre, querría que vivieran juntos y felices... pero eso era un cuento de hadas. En la realidad, el príncipe no quería a la princesa y, por lo tanto, no podía haber un final feliz.

Tina se dijo a sí misma que no debía olvidar eso pasara lo que pasara.

Capítulo 8

ARI ESTABA al lado de George en la iglesia, impaciente porque terminase el servicio religioso, pensando en lo que había conseguido con Christina.

Theo no era el problema. Su hijo le había sonreído de oreja a oreja mientras llevaba el almohadón con los anillos... Theo quería a su padre. Pero Christina solo había sonreído a George, sin molestarse en mirarlo a él.

Estaba guapísima con un vestido de satén rojo, tanto que Ari había tenido que hacer un esfuerzo para contener el instintivo deseo de llevarla a su cama.

—Es magnífica, ¿verdad? —murmuró George, refiriéndose a su prometida.

Había millones de mujeres guapas en el mundo y él había conocido a muchas, pero ninguna hacía que se le encogiera el corazón como se le encogía mirando a Christina en ese momento.

Tal vez tocaba algo en él porque era la madre de su hijo. O tal vez porque se había llevado su inocencia y quería enmendar el daño que le había hecho. La razón no importaba, tenía que convencerla para que se casara con él. Sus padres aprobaban ese matrimonio y no solo por Theo.

–Es encantadora, Ari. Y yo podría hacerme buena amiga de Helen –le había dicho su madre.

Su padre había sido más decisivo aún:

–Preciosa, inteligente y con un espíritu luchador admirable. Sería un buen matrimonio, Ari, no dejes que se te escape.

Era más fácil decirlo que hacerlo, claro.

Christina no quería que la tocase y aquel día ni siquiera lo había mirado.

¿Temería la atracción que había entre ellos?, se preguntó. Pero tendría que mirarlo en el banquete y soportar que la tocase mientras bailaban el primer vals. Y no sería un simple roce, él haría que el vals fuese el baile más íntimo; forzaría la química sexual que había entre ellos para que no pudiera esconderse de ella. Para que no pudiese negarla.

No iba a dejarla escapar, eso desde luego.

Tina escuchaba el servicio religioso al lado de su hermana. Esas mismas palabras serían pronto repetidas si le decía que sí a Ari. ¿Se tomaría en serio los votos matrimoniales o no serían más que palabrería para él, un medio para llegar a un fin?

Pero le había ofrecido poner por escrito su promesa de fidelidad y, de ese modo, ella tendría la custodia de Theo y de los hijos que pudiesen tener más adelante si no cumplía su promesa.

¿Podría ser feliz con él si le era fiel?, se preguntó.

Era un riesgo que probablemente no debería considerar siquiera. La boda de Cass estaba afectándola, despertando sentimientos que podían acabar convirtiendo su vida en una pesadilla. Además, la charla sobre matrimonio con sus parientes griegos el día anterior había hecho que no dejase de pensar en Ari.

Su madre hablaba maravillas de él, de lo amable que había sido durante el día, de los encantadores y hospitalarios que habían sido sus padres, de lo guapo que era... comentarios seguidos de miradas especulativas. Evidentemente, para su madre ser madre soltera era un desgracia.

Pero ella no sabía la verdad. No sabía que Ari se mostraba tan encantador por Theo.

Y ella tendría que ir de su brazo para salir de la iglesia detrás de los novios, sentarse a su lado en el banquete, bailar con él. Aquello era una pesadilla de la que no podía escapar y sería peor cuando se supiera la verdad.

Entonces su madre la presionaría para que se casara con Ari...

Sus parientes pensarían que sería una locura no hacerlo.

Solo Cass se pondría de su lado, estaba segura. Pero Cass no estaría allí porque se habría ido con George de luna de miel.

Era imposible volver atrás, pensó. Volver al momento en el que había amado a Ari con todo su corazón, creyendo que también él la quería. ¿Cómo iba a creer eso ahora?

Sintió una punzada de envidia cuando George prometió amar a Cass durante el resto de su vida. Lo había dicho con fervor, convencido, como había hecho Cass cuando prometió lo mismo.

Los ojos de Tina se llenaron de lágrimas cuando el sacerdote los declaró marido y mujer y, en silencio, les deseó toda la felicidad del mundo. Así era como debía ser entre un hombre y una mujer que empezaban su vida juntos.

Seguía parpadeando para disimular su emoción cuando tuvo que unirse a Ari para salir de la iglesia. Él la tomó del brazo y Tina tragó saliva, nerviosa.

–¿Por qué las mujeres lloran en las bodas? –le preguntó él.

–Porque el cambio da un poco de miedo y una mujer espera con todo su corazón que todo salga bien.

–¿Y qué es para ti que salga bien, Christina?

Christina...

No dejaba de usar su nombre completo porque era así como la había llamado seis años antes. Durante los meses que estuvieron juntos, le había encantado cómo lo pronunciaba, como una caricia. Pero le gustaría que no usara el mismo tono ahora. Le gustaría que la llamase Tina, como todo el mundo. Así no estaría constantemente recordando a la chica que había sido y cuánto lo había amado una vez.

Porque ella ya no era esa chica.

Había seguido adelante con su vida.

Pero Ari podía seguir haciendo que su corazón se encogiera, que se sintiera excitada... y eso no podía ser. No podía darle ese poder.

La terrible desilusión que se había llevado con él le dio convicción a su voz cuando dijo:

–Que salga bien es que sigan amándose como ahora durante el resto de sus vidas, pase lo que pase

–respondió, mirando los ojos de color ámbar–. Pero nosotros no tenemos esa base para un matrimonio, ¿verdad?

–Yo no creo que el amor sea lo único que une a dos personas de por vida –respondió él.

–¿Ah, no?

–El amor es una locura que te ciega y que se acaba cuando no se cumplen tus expectativas. Lo que yo te ofrezco es un compromiso, Christina. Puedes confiar en algo más que en el amor.

Su cínica opinión le resultó profundamente ofensiva y, sin embargo, empezaba a quedarse sin argumentos.

–Yo preferiría tener lo que tienen Cass y George –murmuró, molesta por la implicación de que el matrimonio de su hermana no duraría.

–Entiendo que el cambio pueda darte un poco de miedo –murmuró Ari–. Y te prometo que haré todo lo que esté en mi mano para que la transición sea lo más agradable posible para ti y para Theo.

¡La transición!

Esperaba que dejase su vida en Australia, todo lo que conocía: sus amigos, su familia, su restaurante, para estar con él. No aceptaría que fuese al revés, por supuesto. En su opinión, debería ver ese matrimonio como lo más deseable. Y lo habría visto de esa forma una vez, si Ari la amase.

Esa era la cuestión.

El dolor que le había causado seis años antes no había desaparecido.

En la puerta de la iglesia tuvieron que posar para los fotógrafos y Tina hizo un esfuerzo para sonreír.

Ari tomó a Theo en brazos y la gente sonreía, contentos al verlos juntos, como si ya fueran una familia. Los padres de Ari estaban charlando con su madre y su tío Dimitri. Y todos se aliarían contra ella si decidiera rechazar la proposición de matrimonio de Ari.

Durante el viaje hasta el salón de banquetes, Theo iba sentado entre ellos, charlando alegremente con el hombre que pronto sabría era su padre. Tina agradecía no tener que decir nada, pero se daba cuenta de lo feliz que su hijo se sentía con Ari y Ari con su hijo.

¿Cómo iba a explicarle a un niño de cinco años que no podía vivir con el papá que tanto deseaba?

Poco después llegaron a la bodega Santo, donde tendría lugar el banquete, un sitio precioso al borde de un acantilado. Frente al muro que los separaba del mar había varias mesas con manteles de lino blanco bajo una carpa. Los invitados se reunieron allí mientras posaban en grupos para los fotógrafos y los camareros pasaban entre ellos con bandejas de aperitivos. Todo el mundo parecía alegre, feliz.

Tina creyó que podría escapar de Ari por un rato cuando el fotógrafo pareció darse por satisfecho, pero fue imposible. Ari la tomó del brazo para llevarla junto a los padres de George, que se mostraron encantadores y la invitaron a visitarlos en Patmos cuando quisiera.

Luego insistió en presentarle a sus hermanas y sus maridos, que le dieron la bienvenida al grupo charlando alegremente sobre la ceremonia. Sus hijos, los sobrinos de Ari, todos de la edad de Theo, se llevaron al niño para jugar, de modo que Tina se convirtió en el centro de atención. Y, aunque la conversación era agradable, sabía que estaban estudiándola como posible esposa de Ari.

Después de un razonable intervalo de tiempo, Tina se excusó diciendo que tenía que ir a ver si Cass necesitaba algo.

Pero no pudo escapar.

—Voy contigo —dijo Ari—. Puede que George necesite algo de mí.

En cuanto se quedaron solos, Tina murmuró:

—Se lo has contado a todo el mundo, ¿verdad?

—A mis hermanas sí, a los niños no —respondió él—. Theo se habría enterado de inmediato. Pero no te preocupes, nadie dirá nada hasta después de la boda. Sencillamente, quería que mis hermanas entendieran por qué estás conmigo.

—No estoy contigo —replicó ella.

Ari sostuvo su mirada.

—Eres mi futura esposa y quiero que mi familia lo sepa.

—¿Por qué tienes tanta prisa? Aún no he dicho que sí —insistió Tina, exasperada—. Podemos llegar a un acuerdo para compartir la custodia de Theo. Mucha gente lo hace, no tenemos que casarnos.

—Pero es que yo quiero casarme contigo.

—Solo por Theo, y eso no augura nada bueno.

—Te equivocas. Quiero casarme por ti, Christina.

Ella negó con la cabeza, angustiada. No estaba dispuesta a creerlo, no sería tan ingenua.

Cass y George estaban charlando con un grupo

de modelos amigas de su hermana y Tina las señaló con la mano.

–Mira lo que podrías tener. Todas son guapísimas y seguro que estarían encantadas de estar contigo.

–No me interesa la atención de ninguna otra mujer. Quiero la tuya.

–La quieres hoy, pero ¿qué pasará en el futuro?

–Tú y yo tendremos un futuro si me das la oportunidad.

De nuevo, Tina negó con la cabeza. No tenía sentido discutir con él, evidentemente. Había tomado una decisión y nada de lo que dijera podía hacerlo cambiar de opinión.

–Merece la pena intentarlo, ¿no te parece? –insistió Ari–. Éramos felices cuando estábamos juntos y podemos volver a serlo. Tú no quieres separarte de Theo, y eso es lo que pasaría si insistes en no casarte conmigo.

Sí, eso sería horrible.

Pero también era horrible cómo miraban a Ari las amigas de Cassandra. Aunque lo comprendía, claro. Ari estaba más apuesto que nunca con el esmoquin, que destacaba un cuerpo de dios griego. Tina no tenía la menor duda de que eso era lo que pensaban, envidiándola por estar a su lado.

¿Podría soportar eso durante toda la vida?

¿Estaría toda la vida a su lado?

Estaba tan agitada que necesitaba una distracción y, con un poco de suerte, Cass lo sería. Ari y ella se unieron al grupo y fueron presentados por su hermana. Uno de los amigos de George, otro fotógrafo, aprovechó la oportunidad para darle a Tina su tarjeta.

–Llámame y te convertiré en una modelo tan famosa como tu hermana. No te enfades, Cass, pero esta chica tiene un rostro único.

Cass rio, tomando a Tina por la cintura.

–Siempre he dicho que deberías haber sido modelo.

–No, gracias. Estoy muy ocupada con Theo.

–De todas formas, me encantaría fotografiar ese cuello tan largo y esos maravillosos pómulos –insistió el fotógrafo–. El pelo corto hace que destaquen a la perfección.

–No, de verdad, no estoy interesada. Además, no llevo el bolso y no sé dónde guardar la tarjeta.

–Yo la guardaré por ti –se ofreció Ari, metiéndola en el bolsillo de su chaqueta–. Puede que algún día la necesites. También yo creo que Christina es única... y muy especial.

Esa era virtualmente una declaración de su interés por ella, dejando bien claro al resto de las mujeres que no tenían nada que hacer.

Los «maravillosos pómulos» de Tina se tiñeron de rubor.

–Mamá tiene razón –le dijo Cass al oído–. Ari está colado por ti. Dale una oportunidad, cariño. También él es especial.

¡Una oportunidad!

Incluso Cass estaba de su lado.

Tina sentía como si el mundo entero estuviese conspirando para que diera un paso que temía dar.

–Necesito un poco de aire fresco –murmuró.

Ari la tomó del brazo.

—Perdonadnos un momento, vamos a respirar la brisa del mar.

Tina no protestó cuando la llevó hacia el muro de piedra al borde del acantilado. Sabía que no serviría de nada. Estaba atrapada siendo la acompañante de Ari en la boda y no había forma de escapar.

—¿Por qué has guardado la tarjeta?

—Porque es culpa mía que no siguieras con tu carrera de modelo, pero aún puedes intentarlo —respondió él—. De hecho, estás más bella ahora que antes. Si quieres intentarlo, yo te apoyaré.

Tina frunció el ceño.

—Ser madre es lo primero para mí. ¿Y no es eso lo que tú quieres, que sea la madre de tus hijos?

—Sí, pero las modelos también son madres. Puedes hacerlo, Christina —Ari levantó una mano para acariciar su mejilla—. Yo destruí tus dos sueños, pero al menos puedo devolverte uno de ellos. Y tal vez también el otro... con el tiempo.

Tina se atragantó. Aquello era demasiado.

¿Estaba diciendo eso solo para convencerla? Había confiado en él una vez y se había llevado una desilusión. ¿Cómo iba a creerlo? ¿Cómo iba a confiar en él?

Necesitaba despejar su cabeza desesperadamente.

—¿Te importaría traerme un vaso de agua, por favor?

Ari sostuvo su mirada durante unos segundos, buscando en sus ojos la prueba de que lo creía. Pero ella, en silencio, le rogaba que le diese algo de espacio, un alivio de su constante presencia.

Y, por fin, asintió con la cabeza.

—Vuelvo enseguida.

Tina miró el mar, respirando profundamente para llevar oxígeno a sus pulmones.

Pero no sirvió de nada.

A pesar de su pasada experiencia con Ari Zavros, o tal vez por ella, un pensamiento se repetía en su cabeza:

«Dale una oportunidad».

«Dale una oportunidad».

Capítulo 9

EL VALS...
Tina respiró profundamente mientras se levantaba de la silla para ir con Ari a la pista de baile.

Se había portado como un caballero durante toda la noche y el discurso que había hecho durante el brindis por los novios había encantado a todos los invitados.

Tal vez era el hombre perfecto para ella, pensó Tina, ya que no se había sentido atraída por ningún otro en esos seis años. ¿Quería vivir el resto de su vida sin conocer el placer sexual que le había dado Ari?, se preguntó.

«Dale una oportunidad».

Mientras se dirigían a la pista de baile, el calor de su mano en la espalda se extendió hasta su abdomen y entre sus piernas.

La orquesta estaba tocando *Moon River*, un vals lento que Cass y George debían de haber pedido especialmente y que estaban ejecutando con gran talento, dando vueltas y deslizándose por la pista mientras se miraban a los ojos.

Era tan romántico y tan sexy que a Tina se le doblaron las rodillas cuando Ari la tomó por la cintura. Había pasado mucho tiempo desde la última vez que estuvieron tan cerca... ¿sentiría el mismo deseo cuando rozase el fuerte cuerpo masculino?

Fue imposible disimular un escalofrío de emoción cuando la tomó por la cintura, pero se puso tensa cuando la apretó contra su torso, luchando instintivamente contra el efecto que ejercía en ella.

–Relájate, Christina –murmuró él–. Deja que tu cuerpo responda al ritmo de la música. Sé que puedes hacerlo.

Claro que lo sabía. Había poco que no supiera sobre su cuerpo y cómo respondía. Pero si quería darle una oportunidad a esa relación, debía averiguar si sentía lo que había sentido seis años antes.

De modo que hizo un esfuerzo para relajarse mientras Ari la apretaba contra su torso, su estómago en contacto con la entrepierna masculina cada vez que se movían, su corazón latiendo como loco, sus hormonas femeninas frenéticas.

Estaba en los brazos de un dios griego que era suyo si lo quería y la tentación empezaba a ser irresistible.

Ari intentaba que Christina se rindiera a la química sexual que había entre los dos. Le gustaba tanto tenerla entre sus brazos... era lo bastante alta como para que sus cuerpos encajasen a la perfección.

El movimiento de sus caderas, el roce de sus pechos, el aroma de su piel y su pelo... todo en ella encendía su deseo.

El vals terminó y Tina no se apartó de golpe

como había esperado, aunque sí dio un paso atrás. Tenía las mejillas rojas y no lo miraba, sus largas pestañas negras escondiendo sus ojos.

Ari estaba seguro de que también a ella le había afectado el baile, pero no sabía si eso era suficiente para que aceptase su proposición de matrimonio.

El maestro de ceremonias invitó a todos a bailar la siguiente canción, que había sido solicitada especialmente por la novia, y Ari entendió de inmediato su significado cuando la orquesta empezó a tocarla. Christina y él habían escuchando esa balada de Stevie Wonder en la radio del coche durante uno de sus viajes.

–*Eres el sol de mi vida* –murmuró, recordando que una vez había utilizado esas mismas palabras para referirse a ella–. Era la canción favorita de tu padre.

–Sí –asintió Tina, emocionada–. Cass también lo echa mucho de menos. Hoy se habría sentido tan orgulloso de ella... pero me sorprende que tú lo recuerdes –añadió, esbozando una sonrisa.

–Las canciones especiales pueden ser muy evocadoras. Tú eras el sol de mi vida cuando estábamos juntos, Christina.

La sonrisa de Tina se convirtió en una mueca.

–Ha pasado mucho tiempo desde entonces. Y estoy segura de que habrás encontrado el «sol» muchas veces.

–No de la misma calidad.

Ella apartó la mirada.

–No te creo.

–Tenemos que bailar –murmuró Ari entonces.

Christina dejó que volviese a abrazarla sin oponer resistencia. Era un progreso, pensó Ari, aunque le gustaría que no siguiera mencionando a las otras mujeres que había habido en su vida. El pasado era el pasado... y no se podía cambiar. Lo que debía hacer era mirar hacia el futuro.

–Lo que importa es lo que podría haber entre nosotros ahora, Christina.

Ella no respondió.

Con un poco de suerte, se lo pensaría.

Tina deseaba con todas sus fuerzas poder olvidar el pasado y concentrarse en el presente. Fingir que acababa de conocer a Ari, sentir lo que la hacía sentir sin recordar lo que había ocurrido seis años antes. Si fuera su primer encuentro con él, no le importarían las demás mujeres y podría pensar que Ari era el hombre de su vida.

Tal vez podría hacerlo... si lograba olvidar. Él había dicho que quería devolverle los sueños que había destrozado. Y, sin embargo, confiar en su palabra era un riesgo demasiado grande. Si no la cumplía, se odiaría a sí misma por haber sido tan tonta, lo odiaría a él por engañarla y terminaría siendo una amargada.

Pero Ari perdería a Theo, y a los demás hijos que tuviesen, si rompía su promesa de fidelidad porque ella se quedaría con la custodia. Y, en ese caso, tal vez merecía la pena aprovechar la oportunidad.

La canción favorita de su padre terminó y Tina vio que Cass se acercaba a su madre, que había bailado con el tío Dimitri, para abrazarla. Y esa escena hizo que se le encogiera el corazón. Sabía que su padre hubiera querido que se casara con Ari...

Entonces miró al padre de su hijo y en los seductores ojos de color ámbar vio la promesa del placer que una vez habían disfrutado. El que podían volver a disfrutar.

Le temblaban los labios, pero la decisión estaba tomada y no iba a pensarlo más.

–Vamos a algún sitio donde podamos hablar a solas –le pidió.

Ari la tomó del brazo para salir de la pista y la llevó a la terraza.

–¿Quieres sentarte? –le preguntó.

–Sí –respondió Tina, porque le temblaban las piernas. Además, estar sentada frente a él sería más cómodo para hablar del acuerdo.

–¿Qué querías decirme?

Tina se aclaró la garganta. Aquel era el momento, pensó. Su vida iba a tomar una nueva dirección.

Lo miró a los ojos, intentando verlo como un hombre cariñoso y comprometido con ella y con su hijo. Si podía creerlo, tal vez ese matrimonio no sería un fracaso.

«Dilo de una vez».

–Yo...

–¿Sí? –la animó Ari, inclinándose un poco hacia delante.

De repente, Tina sintió una oleada de pánico. El sentido común le decía: «Espera, no te comprometas todavía».

¿Pero por qué iba a esperar? La situación no iba

a cambiar. Aquel hombre era el padre de Theo y una vez lo había amado con todo su corazón. ¿No debería darle una oportunidad?

–Me casaré contigo –dijo por fin, sellando su decisión.

Ari esbozó una sonrisa de felicidad. ¿O era una sonrisa de triunfo al haber conseguido lo que quería?

–¡Eso es genial, Christina! Me alegro mucho de que hayas decidido que es lo mejor porque lo es.

Parecía tan convencido que, de inmediato, Tina empezó a tener dudas. ¿Estaba siendo una tonta por aceptar tan rápidamente? Tenía que darle valor al matrimonio para que Ari lo tratase como debía.

–Dame tu mano –dijo él entonces.

Pero Tina negó con la cabeza.

–Aún no he terminado.

Ari frunció el ceño.

–Muy bien, dime qué necesitas de mí.

–Que firmes el acuerdo prematrimonial que me ofreciste.

Él se echó hacia atrás en la silla, sonriendo con ironía, y a Tina se le encogió el estómago. Si se retractaba de su promesa, no seguiría adelante con el matrimonio, sería demasiado arriesgado. Ari podría marcharse de nuevo y llevarse a Theo con él.

De modo que esperó su respuesta.

Esperó y esperó... sus nervios a punto de explotar con cada segundo que pasaba.

Ari intentaba entender las motivaciones de Christina. Evidentemente, no confiaba en su palabra y podía entenderlo. Pero le preocupaba que fuese una persona vengativa.

El acuerdo prematrimonial que le había ofrecido le otorgaba todos los derechos si él no era fiel. Pero ¿y si estaba planeando ser una esposa fría y seca para que se viera obligado a buscar placer en otro sitio?

Si estaba secretamente decidida a no responder ante sus caricias, estaría condenándose a sí mismo a un matrimonio de pesadilla. Necesitaba algo más que un par de bailes para estar seguro de que podrían entenderse en la cama, pero Christina se negaba a darle la mano siquiera.

¿Estaría planeando una venganza o de verdad esperaba que pudiese haber un futuro para ellos?

Estaba arriesgando mucho y decidió que debían llegar a un acuerdo satisfactorio para los dos.

—Estoy dispuesto a firmar ese acuerdo, Christina —anunció, mirándola con gesto retador—. Si tú estás dispuesta a pasar una noche conmigo antes de casarnos.

Ella lo miró, atónita.

—¿Por qué? Tendrás todas las noches que quieras si firmas ese acuerdo.

—Quiero estar seguro de que esas noches serán lo que yo espero. No firmaré un acuerdo por el que podría perder a mi hijo por una mujer que piensa darme la espalda.

—¿Qué?

—Necesito que me demuestres que eso no va a pasar, Christina. Tu actitud hacia mí no es precisamente cariñosa... ni siquiera me das la mano.

Ella sintió que le ardía la cara.

–Muy bien, tal vez sería buena idea que pasáramos una noche juntos antes de comprometernos. Seguramente no serás tan buen amante como recuerdo.

Ari tuvo que disimular un suspiro de alivio.

–O te demostraré que lo soy.

Tina tragó saliva.

–Mañana por la noche nos acostaremos juntos –dijo por fin, mirándolo con gesto decidido–. Así podremos tomar una decisión.

Saldría corriendo si no la satisfacía, pensó Ari. Pero estaba convencido de que podría hacerlo si ella ponía algo de su parte.

–Muy bien –asintió–. En cualquier caso, nuestro acuerdo acaba esta noche. Mañana le contarás la verdad a tu madre y a Theo. Pase lo que pase entre nosotros, eso debe ser reconocido públicamente.

Ella asintió con la cabeza.

–Se lo diré por la mañana.

–Explícale a tu madre las circunstancias... que yo no sabía nada cuando me fui de Australia y que no lo supe hasta que nos encontramos en Dubái. Habría vuelto contigo de haberlo sabido, te lo juro.

Ella hizo una mueca.

–No te preocupes. Como he decidido que tal vez me case contigo, intentaré hacerte quedar bien.

–Es la verdad –insistió Ari.

–Pero mi verdad es que me dejaste y yo no quería que volvieras –replicó Tina–. Y, por favor, no me presiones más. Haré lo que tenga que hacer para allanar el camino, te lo aseguro.

Ari recordó entonces las palabras de su padre sobre ella: «Preciosa, inteligente y con un espíritu luchador admirable».

–Me gustaría estar contigo cuando se lo cuentes a Theo. Me he perdido tantas cosas... no estuve allí cuando nació, cuando dijo sus primeras palabras, cuando dio sus primeros pasos, cuando aprendió a nadar, su primer día en la guardería. Quiero ver su expresión cuando sepa que soy el padre que tanto deseaba. ¿Te importaría, Christina?

Ella apretó los labios, seguramente pensando en los recuerdos que no había compartido con él.

–Espero que de verdad quieras ser un buen padre para él. Por favor, no hagas que se encariñe contigo para luego abandonarlo.

Ari sabía que eso era lo que creía que había hecho con ella. Había sido un error por su parte dejar que la tentación lo hiciese olvidar el sentido común. Entonces era tan joven, tan impresionable. Pero Theo lo era aún más y Christina temía por él. Le gustaría decirle que iba a cuidar de ellos durante el resto de sus vidas porque no quería ver ese brillo de temor en sus ojos, pero hacer que confiase en él llevaría tiempo.

–Dame la mano –le pidió en voz baja. Y ella lo hizo–. Te prometo que haré todo lo que pueda para ganarme el cariño de Theo –dijo Ari entonces–. Te lo prometo solemnemente. Theo es mi hijo, Christina.

Con los ojos llenos de lágrimas, Tina asintió con la cabeza, incapaz de hablar. Ari acarició su mano con el pulgar, intentando consolarla de ese modo porque no se atrevía a abrazarla.

–Si no te importa, iré al hotel mañana por la tarde. Podemos estar un rato con Theo antes de... antes de pasar la noche juntos –sugirió.

Ella asintió de nuevo antes de decir:

–Siento mucho haberte dejado fuera de su vida.

–Tenías tus razones –murmuró Ari, comprensivo–. Pero lo que ocurra a partir de ahora depende de nosotros y debemos pensar en Theo.

–Sí, es cierto –asintió ella–. Normalmente, se echa la siesta después de comer. Si vas a las cinco... esa es buena hora.

–Gracias.

Tina consiguió sonreír, aunque era una sonrisa trémula.

–Bueno, deberíamos volver dentro. Es la noche de Cass y quiero estar con ella.

–Y la de George –asintió Ari.

No soltó su mano mientras volvían al salón y ella no la apartó, pero puso la mano libre sobre su torso, mirándolo con una vulnerabilidad enternecedora.

Odiaba que tuviese miedo porque lo hacía sentir como un monstruo por haberla dejado...

–Todo saldrá bien, Christina –murmuró, besando su frente–. Yo haré que salga bien por ti y por Theo.

Esa noche era la noche de Cassandra y de George.

La noche siguiente sería suya.

Podía esperar.

Capítulo 10

A LA MAÑANA siguiente, Tina esperó hasta que sus parientes griegos tomaron el ferry que los llevaría a Atenas para charlar a solas con su madre. Todo el mundo comentaba lo maravillosa que había sido la boda de Cass, pero entre los felices comentarios había algunos sobre el interés de Ari por ella.

—No tenía ojos para nadie más.

—No se apartó de tu lado ni un momento.

—Es un hombre encantador.

—¡Y tan guapo!

Tina había intentado desanimar la curiosidad de sus parientes reconduciendo la conversación hacia su hermana, pero veía la misma curiosidad en los ojos de su madre y, cuando por fin se quedaron solas, relajadas en sendas hamacas frente a la piscina, no tuvo que preguntarse cómo iba a revelarle la verdad. Helen le dio el pie que necesitaba:

—¿Vas a ver a Ari esta noche, hija?

—Sí —respondió ella—. Y hay algo que debo decirte, mamá —añadió, intentando controlar los latidos de su corazón—. Ari Zavros y yo nos conocimos hace seis años en Australia... y nos enamoramos.

Su madre lo entendió de inmediato, podía verlo en sus ojos.

—Es el padre de Theo.

—Sí –le confesó Tina–. Fue una sorpresa increíble volver a verlo en Dubái porque no había esperado volver a verlo nunca. Le pedí que no dijese nada hasta después de la boda, pero hoy tengo que contarte la verdad, se lo he prometido.

—¡Ay, Dios mío! –su madre se llevó una mano al corazón–. Entonces, estos días tienen que haber sido muy difíciles para ti.

Tina tuvo que contener las lágrimas. No había esperado que su madre fuese tan comprensiva. Había esperado sorpresa y tal vez alguna crítica por su silencio... estaba preparada para todo eso, pero no para que se preocupase por sus sentimientos.

—Pensé que había desaparecido de mi vida para siempre, mamá –consiguió decir–. Pero sabe que Theo es hijo suyo y no quiere separarse de él. Lo ha dejado bien claro.

—Ahora lo entiendo todo –asintió su madre–. Está decidido a reclamar a su hijo.

—No tiene sentido negarle sus derechos, mamá.

—¿Ha dicho cómo quiere lidiar con la situación?

Tina apartó la mirada.

—Quiere casarse conmigo.

—¡Ah!

No parecía sorprendida, aunque tal vez sí un poco asustada por cómo cambiaría eso la vida de su hija y su nieto.

—¿Su familia lo sabe? –le preguntó unos segundos después.

–Se lo contó después de que nos viéramos en Atenas. No tenía la menor duda de que Theo era su hijo. Se parecen tanto...

–Sí, ahora me doy cuenta –su madre asintió con la cabeza, pensativa–. Por eso han sido tan hospitalarios, por Theo.

–Sí, claro.

–Pero también han sido muy amables con nosotras y eso demuestra que están dispuestos a aceptarte como nuera. ¿Qué vas a hacer?

–No lo sé –respondió Tina–. Ari dice que habría vuelto a Australia de haber sabido que estaba embarazada. Pero yo no se lo conté porque no me quería, solo había sido un rato de diversión para él.

–Pero tú sí estabas enamorada.

–Sí, completamente.

–¿Y ahora?

Tina se encogió de hombros.

–Ari está interesado en Theo. No voy a engañarme a mí misma pensando que se ha enamorado de mí de repente.

–Tal vez te ve como alguien especial porque eres la madre de su hijo. Es una forma de pensar muy griega, cariño. Y, a veces, el amor nace de compartir algo tan precioso.

Tina recordó lo que Ari había dicho sobre los primeros años de vida de su hijo... los que él se había perdido.

–No sé qué hacer.

–¿Qué crees que es lo mejor para ti?

–Probablemente casarme con él –respondió Tina–. Creo que Ari sería un buen padre. Me ha pedido que esperase hasta esta tarde para contárselo a Theo y después... bueno, creo que deberíamos estar solos para ver lo que sentimos el uno por el otro. ¿Te importaría cuidar de Theo esta noche?

–No, claro, pero... ojalá tu padre estuviese aquí –dijo Helen.

–No te preocupes, mamá. Tengo que tomar una decisión y creo que esta es la mejor forma de hacerlo.

–Ten cuidado, hija. Aún recuerdo lo mal que lo pasaste cuando estabas embarazada de Theo.

–Eso no volverá a ocurrir –le aseguró ella. Daba igual que Ari usara preservativo o no porque no estaba en ese ciclo del mes–. Gracias por tomártelo tan bien. Odio ser un problema para ti.

–No eres un problema, hija, nunca lo has sido. Lo único que yo quiero es que seas feliz y deseo con todo mi corazón que todo salga bien con Ari.

El final feliz de los cuentos de hadas.

Tal vez, si intentaba creer en ello, acabaría siendo así. En cualquier caso, después de esa noche sabría cómo iban a llevarse Ari y ella. Por el momento, no podía confiar en que cumpliera sus promesas de serle fiel.

Aunque encontrasen placer sexual el uno con el otro, eso no garantizaría nada. Pero podría empezar a creer que había un futuro para ellos cuando firmase el acuerdo prematrimonial.

Si lo hacía.

Ari pasó la mañana con su abogado, que estaba en contra de que renunciase a sus derechos paternales en ninguna circunstancia. Un acuerdo económico estaba bien en caso de divorcio, pero renunciar a la custodia de sus hijos era una locura, según él. Especialmente ya que iba a casarse para estar con su hijo.

–No he venido a pedirte consejo –le había dicho Ari por fin–. Redacta el acuerdo. Es cuestión de demostrar buena fe.

–Demuestra buena fe, pero no lo firmes –insistió su abogado.

Y aún no lo había firmado.

Había hecho muchos tratos en su vida, pero ninguno tan arriesgado como el que él mismo le había propuesto a Christina. El dinero no le preocupaba porque jamás le negaría nada a su mujer y a su hijo, pero si esa noche no lograba despertar su deseo, casarse con Christina podría ser un riesgo enorme.

Su cabeza le decía eso.

Pero su corazón estaba empeñado en casarse con Christina Savalas, que lo afectaba como no lo había afectado ninguna otra mujer. Había sido su primer amante y eso la hacía suya en un sentido primitivo. Y que fuera la madre de su hijo la hacía especial. Además, su dinero no interesaba nada a Christina o habría intentado localizarlo al quedar embarazada.

Solo le preocupaba la clase de persona que fuera. El aspecto físico, el dinero, nada de eso le importaba en absoluto. Y si no estaba a la altura de lo que esperaba de él como hombre, Christina no querría saber nada.

En realidad, era un reto. Quién era siempre había sido suficiente, pero Christina buscaba algo más profundo y Ari estaba totalmente decidido a apartar el miedo de sus ojos. Ganársela se había convertido en lo más importante de su vida.

Contar con Theo era, por supuesto, muy importante, pero Christina era parte de Theo también y no podía separarlos en su cabeza. De hecho, no quería separarlos porque los tres juntos eran una familia. Su familia. Y tenía que conseguirlo de cualquier manera porque no podía tolerar la idea de que Christina se llevase a Theo a Australia y lo dejase fuera de su vida.

Ari comió con sus padres, que estaban deseando volver a ver a Theo.

—Mañana —les prometió—. Mañana traeré a Christina, a Theo y a Helen y juntos decidiremos lo que vamos a hacer.

Aunque Christina rechazase finalmente su proposición de matrimonio, tendría que atender a razones en cuanto a la futura relación con su hijo. Y si aceptaba su proposición, tendrían que organizar la boda. Más que una boda, en realidad. Tendrían que decidir dónde iban a vivir.

Ari estaba tenso mientras iba hacia el hotel El Greco, aunque se decía a sí mismo que contarle la verdad a Theo no sería tan complicado. Theo quería un papá y revelarle que era él sería un placer.

Lo que ocurriera después con Christina era el momento crítico. Esperaba que también eso fuera un placer, pero si no lo era... Ari intentó no pensarlo. Aquello tenía que funcionar.

Tina, su madre y Theo estaban tomando un té en la terraza cuando vieron llegar a Ari con expresión decidida.

–¡Estamos aquí! –gritó Tina al ver que se dirigía a las habitaciones, su corazón acelerándose por lo que su llegada significaba para todos.

Su expresión se animó de inmediato al verlos y cuando Theo saltó de la silla para correr hacia él, Ari lo tomó en brazos, sonriendo al ver la alegría del niño.

–He terminado la estación de tren. Tienes que venir a verla.

–En cuanto salude a tu madre y a tu abuela –le prometió él.

Mientras se acercaba a la mesa miró a Christina inquisitivamente y ella asintió con la cabeza. De modo que Helen sabía la verdad... muy bien, un obstáculo menos.

–Helen, quiero que sepas que cuidaré de tu hija mucho mejor que en el pasado. Por favor, créeme.

–Tina y Theo, junto con Cassandra, son lo más importante de mi vida –respondió su madre–. Espero que los quieras tanto como yo.

Ari asintió con la cabeza.

–Theo quiere enseñarme la estación que ha hecho con el Lego.

–Voy con vosotros –se ofreció Tina–. Lo ha hecho muy bien, aunque era difícil, ¿verdad, cariño?

–Muy difícil –repitió el niño–. ¡Pero lo he hecho yo solo!

–Ya sabía yo que eras un niño muy listo.

–¿Nos esperas aquí, mamá? –le preguntó Tina.

–Sí, claro.

Theo no paraba de hacer preguntas sobre los sobrinos de Ari, y Tina no tuvo que decir nada mientras iban a la habitación. Se daba cuenta del lazo que había entre Ari y su hijo y estaba segura de que la noticia no sería un trauma para el niño.

Si se lo contaba como si fuera un cuento, tal vez lo aceptaría sin cuestionarlo siquiera. Por otro lado, podría haber un montón de preguntas a las que sería difícil responder...

Estaba tensa mientras abría la puerta de la habitación, pero Ari la miró a los ojos como diciendo: «Tranquila, yo se lo contaré».

Tina sintió cierto resquemor porque de ese modo le estaba quitando arbitrariamente el poder, aunque también la aliviaba de la responsabilidad de contárselo a Theo.

—¿Tu mamá suele contarte cuentos, Theo? —le preguntó Ari, sentándose en la cama, al lado de la estación de tren.

—Sí, todas las noches —respondió el niño—. Me señala algunas palabras en el libro y ya sé leer muchas —añadió, orgulloso.

—Ya veo que aprendes muy rápido —Ari se aclaró la garganta, nervioso—. Si te cuento un cuento, tal vez podrías adivinar el final...

—¡Cuéntamelo, cuéntamelo! —exclamó Theo, sentándose en el suelo.

Ari se inclinó un poco hacia delante, apoyando los codos en las rodillas para mirar los ojos de color ámbar tan parecidos a los suyos.

—Érase una vez un príncipe de un país muy lejano que viajó al otro lado del mundo...

Tina se quedó sorprendida. Iba a contárselo como si fuera un cuento y eso era lo que ella había pensado hacer. Pero ¿qué versión iba a contarle?, se preguntó, angustiada.

–Allí conoció a una bella princesa de la que se quedó prendado –siguió Ari–. El príncipe quería estar con ella todo el tiempo y ella quería estar con él, así que no se separaron mientras residía en el país. Pero un día, el príncipe tuvo que marcharse para seguir llevando los asuntos de su reino. Ella se quedó muy dolida cuando se dijeron adiós y cuando descubrió que iba a tener un hijo decidió no enviarle un mensaje para contárselo. No quería verlo nunca más porque temía que volviese a dejarla, así que le ocultó el nacimiento de su hijo.

–¿Era un niño o una niña? –preguntó Theo.

–Un niño –respondió Ari–. Un niño muy querido por su familia. Lo quería tanta gente que la princesa pensó que no necesitaba un padre, pero no sabía que el niño añoraba secretamente tener un papá.

–Como yo –dijo Theo–. Pero no quise un papá hasta que empecé a ir al colegio.

–Es natural querer uno –le aseguró Ari.

–¿Y el niño del cuento encontró al suyo?

–Después de unos años, la hermana de la princesa iba a casarse con un hombre del mismo país que el príncipe, de modo que toda la familia viajó al otro lado del mundo para celebrar la boda. Pero la princesa no sabía que allí se encontraría con el príncipe, y cuando él vio al niño, supo que era su hijo porque tenían los mismos ojos.

–Como tú y yo –murmuró Theo.

–Exactamente –asintió Ari–. La princesa le pidió al príncipe que lo guardase en secreto para no robarle atención a la novia y el príncipe lo entendió, pero quería pasar el mayor tiempo posible con su hijo y también quería que la princesa supiera lo que ser padre significaba para él. Lo entristecía mucho pensar en todo lo que se había perdido y...

—¿Quieres que adivine el final? —lo interrumpió Theo.

Ari asintió con la cabeza.

El niño lo miró en silencio durante unos segundos, inseguro.

—¿Eres mi papá, Ari?

—Sí, Theo, soy tu papá —respondió él.

Tina contuvo el aliento hasta que vio sonreír a su hijo. Ni Ari ni él la miraban, pero no importaba. Era su momento y no lamentaba quedarse fuera.

—Me alegro de que seas mi papá —dijo Theo entonces, levantándose—. Después de mi fiesta de cumpleaños soñé que lo eras.

Ari lo tomó por la cintura para sentarlo sobre sus rodillas.

—Siempre celebraremos juntos tus cumpleaños, Theo —le prometió, con voz ronca.

—Pero no quiero que vuelvas a hacerle daño a mi mamá.

Los ojos de Tina se llenaron de lágrimas ante la lealtad del pequeño.

—Estoy intentando no hacérselo, te lo aseguro —dijo Ari—. He mantenido el secreto hasta hoy, pero tu mamá y yo tenemos que decidir cómo podemos estar juntos el resto de nuestras vidas. ¿Te importa quedarte con tu abuela mientras lo hacemos?

—¿La *yiayia* sabe que tú eres mi papá?

–Sí, tu madre se lo contó esta mañana. Y mañana, si a ella le parece bien, te llevaré a casa de mis padres otra vez.

–¿Maximus es mi abuelo? –exclamó Theo.

–Claro que sí –respondió Ari–. Y está deseando volver a verte... y mi madre también. Ahora tienes una familia mucho más grande que antes. Los niños con los que jugaste en la boda de Cassandra son tus primos.

–¿Y también estarán mañana en casa del abuelo Maximus?

–Sí, claro –Ari se levantó, sin soltar al niño–. Pero tu mamá y yo tenemos cosas que hablar, así que ahora te quedarás con tu abuela Helen, ¿de acuerdo?

El niño asintió con la cabeza.

–¿Podemos ir mañana a ver a Maximus, mamá?

–Sí, cariño –respondió ella.

Theo se quedó con su madre, contándole que el deseo que había pedido en su cumpleaños se había hecho realidad y haciendo un millón de preguntas. Parecía muy contento... era Tina quien estaba preocupada.

Porque estaba a punto de saber si había alguna posibilidad de que Ari Zavros y ella comenzaran una nueva relación o si no existía ninguna posibilidad de casarse con él.

Capítulo 11

ARI TOMÓ su mano mientras salían del hotel y ese lazo físico entre ellos hizo que la mente de Tina se llenase de imágenes del pasado... y de la intimidad que estaba por llegar. Para él, probablemente sería solo otra noche de sexo, un acto habitual en su vida. La única variación, las diferentes mujeres que habían pasado por su cama.

Para ella... Tina sintió un escalofrío en la espina dorsal. Había pasado tanto tiempo. Y esta vez no era una cría encandilada por él.

¿De verdad podía olvidar su desilusión y aceptar el placer físico que pudiese darle? No estaba segura porque temía los sentimientos que esa noche pudiese evocar.

Pero no era momento para debilidades o incertidumbres. Había demasiado en juego como para seguir ciegamente un instinto que tantos problemas le habían dado en el pasado.

Aunque debía admitir que Ari se portaba muy bien con Theo. Y también le había ahorrado la difícil tarea de explicarle al niño la verdad. Al menos estaba hecho... y bien hecho, además. Theo se había tomado la noticia con toda tranquilidad.

–Me ha gustado el cuento de hadas –le dijo, con una sonrisa de agradecimiento que Ari le devolvió.

–Aún no le hemos puesto un final feliz.

–Soñar con un sueño imposible...

–No es imposible, Christina. Tenemos que intentarlo.

Cuando llegaron a su coche, Ari le abrió la puerta, pero Tina se detuvo, mirándolo directamente a los ojos antes de decir:

–El problema es que ya no te conozco.

–Espero que me conozcas mejor mañana por la mañana.

–Yo también lo espero –asintió ella–. ¿Dónde vamos?

–A Oia, el mejor sitio para ver la puesta de sol. He reservado una suite en un hotel desde la que podremos verla. He pensado que te gustaría.

–Es muy romántico.

–Contigo quiero ser romántico –dijo él, mirándola con una ternura que hacía que se le encogiera el corazón.

Tina apartó la mirada mientras se dejaba caer sobre el asiento, regañándose a sí misma por desear que la hiciese olvidar su desconfianza sobre ese final feliz.

Pero le estaba poniendo muy fácil que se rindiera y una parte vulnerable de ella quería creer que de nuevo la encontraría especial y que esta vez no la dejaría.

Pero lo que Ari quería era a Theo. Ella formaba parte del paquete y no sabía durante cuánto tiempo le resultaría atractivo, de modo que debía mantenerse fría e insistir en que firmase el acuerdo pre-matrimonial.

—¿Dónde querrías que viviéramos después de casados, Ari? —le preguntó.

Él vaciló durante un segundo.

—Australia está demasiado lejos de mis negocios, Christina. Podríamos vivir en cualquier lugar de Europa... en Atenas, si quieres estar cerca de tus parientes. Tal vez a Helen le gustaría vivir allí, ¿no crees? Así podría ver a menudo a Cassandra.

Eso significaría dejarlo todo: el restaurante de su padre, sus amistades, el colegio de Theo. Aunque Ari tenía razón sobre su madre. Si no se instalaban en Atenas, acabaría viajando de un lado a otro como Cass. Su hermana se había aclimatado a ese ritmo de vida, pero para su madre sería muy difícil.

—También debemos pensar en qué sería mejor para nuestros hijos —siguió Ari.

«Nuestros hijos».

Era una frase muy seductora, pensó Tina. Le gustaría tener una niña y, si no se casaba con Ari, había pocas posibilidades de que eso ocurriera. Pero si tenía más hijos con él, no querría perderlos.

—¿Te parece bien, Christina?

—Estoy pensándolo.

Ari sonrió, contento porque al menos no era una negativa.

Tuvieron que dejar el coche a las afueras del pueblo y seguir a pie hasta el hotel. Los dos habían llevado una bolsa de viaje con lo esencial para pasar la noche y Ari volvió a tomar su mano mientras recorrían las calles del pueblo.

De nuevo, Tina comprobó que todas las mujeres lo miraban, pero ir de su mano significaba que le pertenecía a ella y, además, ni siquiera las bellas modelos amigas de Cass habían llamado su atención durante la boda. En el pasado eso no le había importado porque estaba absolutamente segura de que Ari era suyo... hasta que dejó de serlo.

Pero el matrimonio no era un «episodio encantador».

Una alianza en el dedo lo haría legalmente suyo.

Públicamente suyo.

Eso debería darle cierta sensación de seguridad.

De hecho, ser la esposa de Ari Zavros le daría poder en muchos sentidos. Desear que la quisiera era como desear la luna, pero ¿cómo podía saber lo que iba a depararles el futuro?

La entrada del pequeño hotel estaba adornada con plantas y el hombre de recepción saludó calurosamente a Ari antes de acompañarlos a la suite, en el tercer piso del edificio, con una vista espectacular. A un lado del balcón había una escalera que llevaba directamente a la piscina, frente al mar.

—El sol se pone alrededor de las ocho —les informó el hombre antes de marcharse.

Tenían casi tres horas, pensó Tina, dejando la bolsa de viaje sobre una silla antes de salir al balcón. Había algunas personas alrededor de la piscina y se preguntó qué los habría llevado allí. Probablemente nada tan complicado como su propia situación.

Tras ella, oyó que Ari descorchaba una botella

de champán y, unos segundos después, él le ofreció una copa.

–Puede que esto te relaje.

Suspirando, Tina tomó la copa.

–Gracias –murmuró–. Hace seis años que no... en fin, que no estoy a solas con un hombre en una situación tan íntima. Puede que esto me calme un poco.

–Imagino que tener a Theo ha hecho difícil que pudieras entablar relaciones serias.

«Theo no, tú».

Pero diciéndole eso le haría saber la importancia que había tenido en su vida y Tina no quería que lo supiera.

–Sí, bueno...

–No te preocupes, esta noche no vas a quedar embarazada. Tendré mucho cuidado.

Ella sacudió la cabeza, un poco sorprendida.

–Es una semana segura para mí. No estoy en el ciclo.

–Ah, entonces mucho mejor –Ari sonrió mientras levantaba su copa–. Por un nuevo principio, Christina.

Ella tomó un sorbo de champán, esperando que eso controlase las mariposas que sentía en el estómago. Y cuando Ari la tomó por la cintura, el calor de su mano despertó recuerdos de lo bien que habían encajado en el pasado y despertó también el deseo de redescubrir su sexualidad.

–No quiero esperar hasta la noche –dijo Tina, decidida, dejando la copa sobre una mesita–. Vamos a hacerlo, Ari. No quiero que me seduzcas, no quiero romanticismos... estamos aquí porque necesitamos saber si podemos entendernos en la cama, ¿no?

Él dejó la copa sobre la mesa y la apretó contra su torso, levantando su barbilla con un dedo.

–Necesitamos muchas respuestas y tampoco yo quiero esperar.

Luego se apoderó de su boca con tal fuerza que Tina echó la cabeza hacia atrás, temiendo que la invitación hubiera sido demasiado apresurada. Ari siempre había sido un amante tierno, pero habían pasado seis años y si no sentía nada por ella...

–Maldita sea, Christina, no tengas miedo –dijo él entonces–. Yo sé controlarme.

–No tengo miedo...

–Vamos a empezar otra vez.

Sin esperar respuesta, la rozó con los labios una y otra vez, haciendo que los de Tina temblasen. Sí, pensó, relajándose un poco, el pánico reemplazado por una ola de deseo. Sin darse cuenta, levantó los brazos para echárselos al cuello, entregándose a aquel beso que le resultaba más familiar.

No le importó abrir la boca para recibir su lengua, sintiendo que la caricia creaba una corriente de deseo por todo su cuerpo. Era fácil cerrar los ojos y olvidar los años que habían pasado, recordando solo a la chica que había sido entre los brazos de Ari, experimentando el placer sexual por primera vez.

Ari deslizó las manos hasta su trasero para empujarla hacia él y la dura erección masculina hizo que su corazón se volviese loco. Eso era algo que Ari no podía fingir, evidentemente. De verdad la deseaba. Seguía siendo deseable para él, de modo que también ella podía desearlo. Y así era, fieramente, convencida de que aquella no era una ensayada seducción para debilitar sus defensas.

Ari seguía besándola, su lengua retándola a recibir sus embestidas, y Tina enredó los dedos en su pelo, poniéndose de puntillas para besarlo mejor, deseando retenerlo para siempre.

Ari no podría alejarse de aquello nunca más.

Ella no dejaría que lo hiciera.

Pero él se apartó entonces para llevar aire a sus pulmones.

—Estamos en el balcón —le recordó, tomando su mano. Vamos dentro.

El corazón de Tina latía como loco mientras la llevaba hacia la cama. Ari la vería desnuda, pero también ella lo vería desnudo. ¿Iba a compararla con las otras mujeres que había habido en su vida... con la mujer rubia de Dubái cuyos pechos eran mucho más voluptuosos que los suyos?

Pero estaba excitado, de modo que tal vez eso era irrelevante. Y aunque estaba más gordita que seis años antes, su cuerpo seguía siendo firme, de modo que era absurdo ponerse nerviosa. Ari quería acostarse con ella, eso estaba claro.

Él se detuvo un momento al lado de la cama para mirarla a los ojos, como pidiéndole permiso o temiendo un rechazo en el último momento. Pero Tina le devolvió la mirada, decidida.

—Me conmueves como no me ha conmovido ninguna otra mujer —le confesó él entonces, besando su frente.

El corazón de Tina se encogió al escuchar esas

palabras. Fueran ciertas o no, el deseo de creerlas era demasiado fuerte. Cuando cerró los ojos, Ari besó suavemente sus párpados.

Luego sintió que bajaba las tiras de su vestido verde y besaba sus hombros mientras desabrochaba la cremallera con una mano. Pero Tina mantuvo los ojos cerrados, concentrándose en otros sentidos; adorando el roce de los labios masculinos sobre su piel, el aroma de su colonia, el calor de sus manos. Era igual que seis años antes, nada había cambiado.

El vestido cayó al suelo y quedó ante él con los pechos desnudos. Solo faltaban las braguitas, pero Ari no intentó quitárselas. No, lo que hizo fue acariciar sus pechos con una reverencia que le pareció desconcertante hasta que preguntó:

–¿Le diste el pecho a Theo?

Estaba pensando en su hijo. No estaba mirándola como a una mujer, sino como a la madre de Theo.

–Sí –respondió con voz ronca, diciéndose a sí misma que no importaba que la viera de ese modo porque eso la hacía diferente a las demás mujeres de su vida. Más especial.

–Pues debió de ser un niño feliz –bromeó Ari entonces, inclinando la cabeza para envolver un pezón con los labios.

Tina dejó escapar un gemido de placer, la sensación bajando por su cuerpo hasta quedarse entre sus piernas. Ari dedicó entonces su atención al otro pecho, haciéndola gemir de placer...

Cuando se apartó para quitarle las braguitas, Christina había olvidado cualquier preocupación por el aspecto que tuviese. Ari la apretó contra su

pecho, haciendo que sintiera los latidos de su corazón antes de besarla... besos hambrientos, posesi-
vos, que despertaban en ella un ansia inesperada.
Deseaba a aquel hombre, nunca había dejado de desearlo.

Se quitó la ropa con tal prisa que Tina no tuvo la
menor duda sobre su deseo por ella... y era emocionante ver cómo se desnudaba. Era un hombre muy
hermoso, con un cuerpo perfecto. Su piel morena
brillaba sobre músculos bien definidos, su torso sin
vello como esculpido para que unas manos femeninas se deslizasen sobre él. Tenía los poderosos muslos de un atleta y no había ni la menor duda sobre
su deseo por ella; su magnífica masculinidad fla-
grantemente erecta.

Se tumbó a su lado, metiendo un brazo bajo sus
hombros para atraerla hacia él y acariciarla con la
mano libre. Eso le daba libertad para tocarlo a su vez,
para disfrutar de la intimidad de estar piel con piel.

Ari metió una mano entre sus piernas para acariciarla, despacio al principio, luego con exquisita
urgencia. Y Tina levantó una pierna para ponérselo
más fácil, negándose a dejar que sus inhibiciones le
impidieran disfrutar de ese momento.

Pero aun así, Ari no se apresuró. Fue deslizándose hacia abajo, besando sus pechos, su estómago,
sus caderas, rodeando su ombligo con la lengua...

–¿El parto de Theo fue difícil? –le preguntó, con
voz ronca.

Tina estaba tan concentrada en lo que le hacía
sentir que tuvo que hacer un esfuerzo para encontrar
su voz.

–Fueron... unas cuantas horas –respondió, deseando que no hablara de su hijo en ese momento.

Sin embargo, era por eso por lo que estaba allí, con ella, haciendo lo que estaba haciendo.

–Yo debería haber estado a tu lado –murmuró Ari–. Pero estaré para el resto de nuestros hijos –añadió, antes de poner los labios en el lugar por donde había salido su hijo.

«No voy a preguntarme por qué», decidió Tina. «Quiero esto, quiero tenerlo dentro de mí».

–No quiero esperar más –murmuró, tomándolo por los hombros.

Afortunadamente, Ari respondió de inmediato colocándose entre sus piernas. Sus músculos interiores se cerraron sobre él cuando por fin lo tuvo dentro y la primera embestida la llevó a un clímax explosivo, la exquisita tortura haciendo que se derritiese de placer mientras Ari seguía moviéndose.

Era increíblemente satisfactorio sentir que la llenaba una y otra vez. Sin darse cuenta, Tina pasaba la mano por su espalda, urgiéndolo a aumentar el ritmo. Era tan maravillosamente dulce que nada más existía para ella...

Ari se dejó ir entonces y su grito ronco sonó como una trompeta triunfal para ella. Y cuando cayó sobre su pecho, agotado, Tina lo abrazó con todas sus fuerzas.

Unos segundos después, Ari se tumbó de lado, llevándola con él para alargar ese contacto todo lo posible.

No dijo nada durante largo rato y Tina no quería romper el silencio. La prueba había terminado. La había satisfecho como amante y, si él estaba satisfecho también, podrían llegar a un compromiso.

Si tenía hijos con él.

¿Era esa la clave para hacer que Ari la amase?

Si pudiese amarla por sí misma y no desear a ninguna otra mujer...

Casarse con Ari era una apuesta muy alta.

Pero después de haber hecho el amor con él de nuevo, Tina no quería dejarlo escapar.

Capítulo 12

ARI SE sentía feliz. Normalmente, después del sexo se sentía satisfecho, contento, relajado. Pero nunca se había sentido feliz y se preguntó si sería algo temporal o si Christina siempre podría darle esa sensación exultante.

Tal vez solo era porque había estado a la altura de las circunstancias y había conseguido de ella la respuesta que esperaba. Pero había tenido que controlarse durante los últimos días y, de repente, cuando ella le dio la luz verde, el deseo que guardaba dentro había explotado como una bomba.

Y Christina no se había apartado de él, al contrario, pensó, mientras acariciaba su pelo corto. Recordaba cuánto le gustaba pasar los dedos por su melena en Australia... aunque eso no importaba demasiado. Era suficiente estar así, sin barreras entre ellos. Sin barreras físicas, al menos. Y esperaba haber conseguido que Christina olvidase sus barreras mentales.

Sabía que le había dado un intenso placer. ¿Sería eso suficiente para convencerla de que se casara con él?

Tal vez debería hablar con ella, descubrir qué estaba pensando... pero no quería romper ese agradable silencio. Tenían toda la noche, se dijo.

Pero ella se movió entonces.

–Tengo que ir al baño.

Ari la soltó y Christina se levantó, ofreciéndole una hermosa panorámica. Ari no podía dejar de sonreír al ver la bonita curva de su trasero y sus preciosas piernas torneadas.

Todo era tan atractivo en Tina Savalas que a nadie le sorprendería que se casara con ella. Aunque a él le daba igual lo que pensaran los demás y Christina era más que capaz de defenderse sola, como había comentado su padre.

Ahora que la cuestión sexual había sido respondida, estaba deseando casarse con ella. Pero su satisfacción disminuyó un poco cuando Christina salió del baño con un kimono blanco que la cubría del cuello a los tobillos, una clara demostración de que no pensaba volver a la cama.

–He encontrado esto detrás de la puerta –le dijo–. Hay otro albornoz para ti, si quieres ponértelo después de la ducha. Es más fácil que volver a vestirse para ver la puesta de sol desde el balcón.

Era evidente que se había duchado sin invitarlo a compartir la ducha con ella, de modo que estaba poniendo fin a la intimidad del momento. Pensó Ari.

Christina Savalas era una combinación intrigante: ardiente en la cama, fría fuera de ella. Un gran reto para él.

Pero aún no había ganado.

–¿Por qué no miras la carta mientras yo me ducho? Podríamos pedir la cena.

Christina lo hizo, sin molestarse en mirarlo mientras se levantaba de la cama para ir al baño. ¿Se sentiría avergonzada por cómo había respondido? ¿Iba a dejarlo siempre fuera después de hacer el amor?

Ari se preguntaba todo eso mientras estaba bajo la ducha. En sus relaciones con las mujeres siempre había habido un deseo mutuo, al menos al principio. Y también había sido así con Christina seis años antes. De hecho, él no había querido romper la relación; sencillamente, había tenido que volver a Grecia. Esa había sido la razón de su partida y, sin embargo, esa decisión seguía entre ellos y no estaba seguro de que el sexo fuese la manera de conseguir la clase de relación que quería con su esposa.

Pero sí hacía que el matrimonio fuese viable.

Se deseaban, eso estaba claro. Lo que tenía que hacer era conseguir que volvieran a gustarse.

Después de tomar su ropa del suelo y colgarla sobre la cama, Tina salió al balcón y se dejó caer sobre una silla para mirar la carta. Se sentía menos incómoda con Ari y cenar allí mientras veían la puesta de sol le parecía más apetecible, de modo que estudió la lista de platos con interés, pensando que sería su primera cena a solas en todos esos años.

Era una oportunidad para conocer mejor a Ari porque en la vida matrimonial había cosas tan importantes como el sexo y no quería que él pensara que eso era todo lo que podía ofrecerle.

Aunque era importante, pensó unos minutos después, cuando Ari salió al balcón con el albornoz blanco del hotel. Era tan masculino, tan guapo, que sus hormonas volvieron a agitarse. Seguía habiendo química entre ellos y el deseo de repetir la experiencia no podía ser negado.

–¿Has decidido lo que quieres cenar?

–Sí –respondió ella, mencionando el primer plato y el postre que había elegido.

–Será un placer cenar mientras vemos la puesta de sol.

Tanto el cielo como el mar estaban cambiando de color en ese momento. Pero cuando Ari volvía al balcón con una botella de vino, después de llamar al servicio de habitaciones, oyeron una voz desde la piscina:

–¡Ari... Ari! Eres tú, ¿no?

Tina se puso tensa de inmediato. Era una voz femenina con acento británico, como el de la mujer que estaba con él en Dubái.

Ari miró hacia abajo y apretó los labios al reconocerla.

–¿Quién es?

–Stephanie Gilchrist, una chica londinense.

–¿No tienes buen recuerdo de ella?

–Es una conocida, nada más. Además, ha venido con su último novio, Hans Voguel, un modelo alemán. No sabía que estuvieran en este hotel.

Tina torció el gesto. No le apetecía conocer a una mujer con la que Ari hubiese compartido cama. Tal vez más adelante, cuando se hubiesen casado, cuando se sintiera más segura.

–¡Ari! –insistió Stephanie–. ¿Qué haces ahí? Creí que tenías una casa en Santorini. Felicity me dijo...

—Este hotel tiene mejores vistas —la interrumpió él—. ¿Por qué no te tumbas en la hamaca con Hans para ver la puesta de sol?

—Voy a subir —dijo Stephanie.

Ari murmuró una palabrota.

—Lo siento, no puedo detenerla —se disculpó—. Pero me libraré de ella en cuanto pueda.

Tina se encogió de hombros.

—Puedo ser amable con una conocida tuya, no te preocupes —le dijo, preguntándose si le habría mentido sobre su relación con ella.

—Es amiga de Felicity Fullbright, la mujer con la que me viste en Dubái. No sé si sabe que he roto con Felicity, pero diga lo que diga no te preocupes.

¿Que no se preocupase?

«Soy una tonta por pensar en casarme con él».

—¿Cuánto tiempo estuviste con Felicity?

—Seis semanas —respondió Ari—. Tiempo suficiente para darme cuenta de que no estábamos hechos el uno para el otro.

—Pero conmigo no llevas ni una semana.

—Contigo es diferente, Christina.

Por Theo. Pero si se casaban tendrían que vivir juntos, ¿y durante cuánto tiempo le sería fiel?

La llegada de Stephanie por la escalera exterior dio por finalizada la conversación. Era una rubia voluptuosa con una larga melena rizada y un biquini azul que dejaba poco a la imaginación. Sus ojos azules, casi de color aguamarina, de inmediato se clavaron en Tina.

—Vaya, vaya, esto es un récord incluso para ti —comentó, irónica—. Me encontré con Felicity en

Heathrow hace unos días y me dijo que acababais de romper.

–Te presento a Christina Savalas, a quien conocí en Australia hace seis años –Ari hizo las presentaciones–. Su hermana se ha casado con un primo mío hace unos días.

–Ah, ya veo. ¿Piensas volver a Australia, Christina?

–Supongo que tendré que volver tarde o temprano.

–Pero imagino que ya no tendrás prisa –comentó la rubia.

–Ahora que has descubierto lo que querías saber, ¿por qué no vuelves con Hans? –la interrumpió Ari–. No estás siendo precisamente amable con una persona que me importa mucho.

–¿Ah, sí? –se burló Stephanie–. ¿Te importa más que Felicity? Porque ella te importaba un bledo, está claro.

–No teníamos una relación seria. Y cuando me dijo que no quería tener hijos, decidí que lo mejor era despedirse.

–Ah, muy bien –Stephanie se volvió hacia Tina–. Pues entonces te acabo de hacer un favor. Dile que te encantan los niños o se olvidará de ti. ¡Buena suerte!

Cuando la rubia desapareció, Tina se quedó mirando el mar. Seguramente tenía razón; Ari era incapaz de mantener una relación duradera con una mujer.

–Apenas me conoces –murmuró.

–Te conozco lo suficiente como para querer casarme contigo. Y no solo porque me hayas dado un hijo. No hay nada que no me guste de ti, Christina.

–¿Y qué es lo que te gusta de mí?

Ari se dejó caer sobre la silla.

–Me gusta que te importe tu familia y que siempre tengas en consideración a los demás. Me gustan tus buenas maneras. Creo que eres bella, inteligente, valiente... todo eso te convierte en la clase de mujer que quiero como compañera.

No estaba hablando de amor, por supuesto. Una agencia de contactos seguramente los emparejaría, especialmente porque había química sexual entre ellos. Pero faltaba un factor importante.

Tina suspiró al recordar el amor que había en los ojos de Cass y George cada vez que se miraban. Le dolía no tener eso. ¿Y si se casaban y Ari se enamoraba de otra mujer? Podría ocurrir y ella debía estar preparada. Debía saber lo que podía esperar de él y lo que no.

–Háblame de tu vida, Ari –dijo entonces–. ¿Qué clase de negocio es el tuyo? Solo sé que tiene algo que ver con la industria del vino.

Él se relajó visiblemente y Tina lo escuchó mientras le hacía la lista de inversiones y propiedades de la familia Zavros en países tan diferentes como España y Dubái. Sobre todo, eran negocios en la industria turística: hoteles, resorts y parques temáticos. Y también en la industria alimentaria: aceitunas, quesos y aceite de oliva.

–¿Y tú estás a cargo de todo eso?

Ari negó con la cabeza.

–Mi padre es quien lleva el timón. Yo trabajo

con él como director financiero, pero la decisión final es suya. La mayoría de la familia está involucrada en la empresa de una manera o de otra.

Era un gran negocio, mucho más complejo que llevar un restaurante. Tina siguió haciéndole preguntas mientras cenaban contemplando la hermosa puesta de sol. Para auténticos amantes, aquel debía de ser el sitio más romántico del mundo, pensó. Pero no lo era para ellos. Aunque Ari se mostraba encantador y era un gran amante, no iba a ser tan tonta como para creer que era el sol de su vida.

–¿Has estado enamorado alguna vez? ¿Tan enamorado que esa persona te importaba más que nada? ¿Locamente enamorado?

Como ella lo había estado de él.

Ari frunció el ceño. Era evidente que no le gustaba la pregunta, de modo que había estado enamorado.

Pero no de ella. Y saber eso era como un peso en el corazón. Porque podría volver a pasarle con otra mujer.

Capítulo 13

ENAMORADO...
Ari odiaba ese recuerdo. Era la única vez en su vida que había perdido la cabeza por una mujer. Entonces había sido un tonto, loco por ella mientras ella solo estaba divirtiéndose.

No le gustaba la pregunta, pero si no era sincero con Christina seguramente ella se daría cuenta. Además, él ya no era ese crío y Christina merecía respuestas.

—Sí, lo estuve. Estuve apasionadamente enamorado cuando tenía dieciocho años. Ella era una mujer guapísima, exótica e increíblemente erótica. Habría hecho cualquier cosa por ella sin que tuviera que pedírmelo.

—¿Y cuánto tiempo duró?

—Un mes.

—¿Un mes? —repitió ella, burlona—. ¿Por qué dejaste de amarla?

—Porque me enfrenté con la realidad.

—¿Y viste algo que no te gustó?

—No había entendido qué era yo para ella. Era unos años mayor que yo y tenía más experiencia, pero no me importaba porque estaba enamorado...

lo único que quería era estar con ella y pensé que ella sentía lo mismo, pero sencillamente estaba pasando un buen rato, disfrutando de su poder sobre mí.

–¿Y cómo te diste cuenta de eso?

–Porque fui un simple juguete para ella antes de casarse con un multimillonario maduro. «Ha sido divertido», me dijo al despedirse.

–Te hizo mucho daño –murmuró Tina.

Ari se encogió de hombros.

–No creo que vaya a enamorarme otra vez, si eso es lo que te preocupa. No me gusta ser el tonto de nadie.

–¿Crees que tu cabeza siempre controlará a tu corazón?

–Lo ha hecho desde los dieciocho años.

Salvo con ella y con Theo. Ari le había entregado el corazón al niño y, según su abogado, era una locura haber propuesto el acuerdo prematrimonial para convencer a Christina de que se casara con él. Pero intuía que la cláusula sobre la fidelidad no iba a ser un problema. Le gustaba y admiraba a Christina y estaba seguro de que podía hacer que la relación funcionase.

–Yo tenía dieciocho años cuando me enamoré de ti.

La frase, pronunciada en voz baja, hizo que Ari sintiese un escalofrío por la espalda. Y en sus ojos vio no solo el dolor de su partida, sino la sombra que había lanzado sobre cualquier otra relación. Como le había pasado a él.

¿Había arruinado todos los progresos que había hecho recordándole el pasado?

Antes de que pudiese decir algo para defenderse, ella inclinó a un lado la cabeza.

–¿Te parece que nuestra relación era algo divertido?

–No, no, nunca he querido decir eso. Entonces no había nadie más en mi vida, Christina. Lo nuestro no fue una aventura para mí y no estaba engañando a nadie. Estaba encantado contigo.

–Durante un tiempo –dijo ella–. Imagino que esa mujer estaría encantada contigo cuando tenías dieciocho años, pero ella hizo las cosas con la cabeza como tú hiciste conmigo.

–No es lo mismo.

–Demasiado joven... ¿no era eso lo que dijiste para dejarme atrás?

–Ahora no eres demasiado joven –respondió Ari, levantándose para tirar de su mano–. Entonces te deseaba como un loco y he perdido la cabeza desde que volví a verte. Te deseo tanto que estoy ardiendo desde que te vi en Dubái, así que olvida todo lo demás, Christina. Olvídate de todo salvo de esto...

Las fieras emociones que sentía lo obligaron a besarla con toda su pasión y se sintió exultante cuando ella respondió de la misma forma.

Sin dudas.

Sin vacilaciones.

Besándolo apasionadamente.

El instinto primitivo se abrió paso entonces. Necesitaba poseer a aquella mujer y la llevó hacia la

cama mientras le quitaba el kimono porque no podía esperar.

Luego se quitó el albornoz de un tirón y se colocó
sobre ella. Estaba excitada, húmeda... Christina enredó las piernas en su cintura, clavando los talones
en sus nalgas, urgiéndolo. Ari empujó con fuerza y
solo se detuvo cuando estuvo a punto de llegar al or-
gasmo unos segundos después, como un adoles-
cente.

Tuvo que hacer un esfuerzo para llevar aire a sus
pulmones, diciéndose a sí mismo que debía mantener el control. Intentó cambiar el ritmo, haciéndolo
más lento y voluptuoso, pero Christina lo urgía a
ir más aprisa y cuando la oyó gemir de placer su cabeza empezó a dar vueltas. Al notar el primer es-
pasmo de sus músculos internos no pudo controlarse más y se dejó ir, tan increíblemente satisfecho
que se sentía mareado.

Cayó sobre ella y Christina lo sujetó en un pose-
sivo abrazo. ¿Sentiría lo mismo que él?, se preguntó.
Tenía que saberlo. Tenía que saber si el pasado había sido borrado de su mente.

—Mírame —le ordenó.

Ella abrió los ojos. Tenía las pupilas dilatadas y
Ari experimentó un escalofrío de triunfo. Seguía sin-
tiéndolo dentro de ella y eso le hizo pensar que no
le daría la espalda.

—Esto es el presente, Christina —le dijo, con apa-
sionado fervor—. El pasado ha muerto. Este es el
presente y tú quieres estar conmigo. Dime que es
así.

—Sí —musitó ella.

–Yo también. Y de verdad creo que podemos satisfacernos el uno al otro si ponemos voluntad –Ari levantó una mano para apartar el flequillo de su frente–. Podemos ser buenos compañeros en todos los sentidos. Debemos mirar hacia delante, no hacía atrás.

Ella no respondió inmediatamente, pero tampoco dejó de mirarlo a los ojos, como si estuviera intentando leer en su alma. No le importaba, no tenía nada que esconder y, sin embargo, estaba tenso esperando su repuesta.

–¿Tienes el acuerdo prematrimonial que me ofreciste, Ari?

Eso no era lo que él quería escuchar porque significaba que, hiciera lo que hiciera, Christina seguía desconfiando. Podía darle placer por las noches, pero esa pregunta le dijo que todo seguía igual.

–Lo tengo en la bolsa de viaje –respondió.

–¿Lo has firmado?

–No, aún no.

–¿Lo firmarás por la mañana... si sigues sintiéndote a gusto conmigo?

–Sí –respondió Ari.

Christina no había fingido su pasión. No había nada falso en Christina Savalas y estaba claro que necesitaba una garantía de que no perdería a su hijo casándose con él.

–Siento mucho no sentirme más segura –se disculpó entonces, acariciando su cara–. Pero prometo hacer todo lo que esté en mi mano para ser la mejor compañera posible. Si fracasara y tú encontrases a otra persona... no te negaré que puedas visitar a Theo. Pero necesito protección para que no me lo quites.

—Yo nunca haría eso —protestó Ari con vehemencia—. Eres su madre, Theo te adora.

Tina suspiró, como si eso no significara nada.

—Es imposible saber cómo irán las cosas en el futuro —dijo, con tono fatalista—. Por sincero que parezcas ahora mismo, uno no manda en su corazón y el corazón puede ganarle la partida a la cabeza. Yo lo sé muy bien, por eso no te busqué para hablarte de Theo. Mi corazón no me dejaba hacerlo.

Había una gran tristeza en sus ojos, la tristeza de la inocencia traicionada, y Ari decidió con toda firmeza reemplazar esa tristeza por alegría.

—Nuestro matrimonio será bueno para los dos, Christina —le prometió—. No me importa firmar el acuerdo prematrimonial, quiero que te sientas segura del todo. Y, si me das tiempo, espero que llegues a confiar en mí y que sepas sin la menor sombra de duda que quiero lo mejor para ti y para Theo. Quiero que seáis felices conmigo.

Esa promesa la hizo sonreír.

—Eso me gustaría mucho, Ari. Me vendría bien ser feliz.

Riendo, él la besó. La noche era joven y volvieron a hacer el amor, dándose placer el uno al otro entre besos y caricias. Le encantaba que Christina no tuviera inhibiciones sobre su sexualidad y ninguna vacilación en explorar la suya. Esperaba que siempre fuera así, sin guardarse nada.

Habían llegado a un compromiso.

Ari estaba satisfecho, más satisfecho de lo que

se había sentido en mucho tiempo. Haría falta algo
más que una noche para convencerla, por supuesto.
Tal vez haría falta mucho tiempo, pero ahora lo tenía. Tenía tiempo para borrar sus dudas y ganarse
su confianza. Y cuando llegara ese día, la vida sería
estupenda.

Capítulo 14

TINA no iba a lamentar casarse con Ari Zavros. No, vería ese tiempo con él, pasara lo que pasara al final, como una buena experiencia. En cualquier caso, no podría perder a Theo o a ninguno de los hijos que tuvieran porque Ari había firmado el acuerdo prematrimonial.

Todo el mundo se mostró feliz al conocer la noticia. La familia Zavros les dio la bienvenida al clan y Theo estaba como loco de alegría. Pronto empezaron a hacer planes y su madre no vaciló: quería vivir en Atenas porque así estaría cerca de su hija y su nieto. Y Maximus se ofreció de inmediato a buscar una casa para ella.

Ari los acompañó a Sídney y la ayudó a organizar la venta del restaurante al chef y el jefe de camareros. Tina sospechaba que incluso había financiado el trato. Todos los muebles de su apartamento y la casa de su madre fueron embalados por profesionales y la mudanza fue organizada por el propio Ari, que parecía decidido a organizarlo todo con el menor estrés posible para ellos.

Su madre pensaba que era maravilloso y Tina no podía ponerle ninguna pega. Ari se mostraba atento y amable y, para su sorpresa, incluso compró un apartamento de tres habitaciones en la playa de Bondi.

–Para Theo es la mejor playa del mundo, él mismo me lo dijo –le explicó–. Pude que él la eche de menos y tú también, Christina. De este modo, siempre podemos volver una o dos veces al año.

Su cariño por Theo era evidente y eso aumentaba su deseo de casarse con él. El niño lo adoraba y sus propias reservas empezaban a esfumarse.

Un mes más tarde, estaban de vuelta en Santorini. Su madre se alojaría en la villa de los Zavros hasta que llegasen los muebles para su nuevo apartamento en Atenas ya que Maximus, por supuesto, había encontrado el sitio perfecto para ella.

Helen se hizo amiga de Sophie, que había estado organizando la boda mientras ellos estaban en Australia, y ya solo quedaba una semana. Una semana para que su vida cambiase por completo.

Cass estaba tan contenta que insistió en regalarle el vestido de novia y le envió por correo electrónico montones de fotografías hasta que Tina, por fin, eligió uno.

Se casarían en la misma iglesia en la que Cass y George se habían casado y celebrarían el banquete en el mismo salón. Los dos sitios también habían servido para la boda de la hermana de Ari porque, aparentemente, era una costumbre en la familia Zavros y Tina no puso ninguna objeción. Aunque, en el fondo, hubiese preferido no seguir los pasos de su hermana porque eso le recordaba el amor que sentían Cass y George; el amor que no había entre Ari y ella.

No se sentía como una novia, pero lo parecía

cuando por fin llegó el día. Y, a pesar de estar en septiembre, el sol seguía brillando en el cielo. Irónica, Tina se preguntó si Ari también se habría encargado de eso. Porque todo tenía que ser fabuloso para el dios griego.

Era una sensación extraña atravesar el pasillo de la iglesia en dirección al altar, más un sueño que una realidad. Todo había ocurrido tan rápido... pero Tina caminó con paso decidido y le dio la mano, aceptando que ya no había vuelta atrás.

Mientras pronunciaba sus votos matrimoniales, la voz de Ari era clara y firme, como si los hiciera de corazón. Y eso la consoló un poco. Aunque tuvo que aclararse la garganta para hacer los suyos y las palabras salieron temblorosas sin que pudiese evitarlo. Pero las pronunció, estaba hecho. El sacerdote los declaró marido y mujer.

Para Tina, el banquete fue un borrón de caras alegres y felicitaciones. Toda la familia Zavros estaba allí, además de socios y amigos. No podía recordar todos los nombres pero seguía sonriendo como debía hacer una novia.

Ari la llevó a Odessa para su luna de miel, una ciudad maravillosa a la que llamaban La Perla del Mar Negro y, por primera vez, Tina empezó a relajarse un poco.

Theo se había quedado en Santorini con sus abuelos, encantado, de modo que ella no tenía más responsabilidad que pasarlo bien. Y Ari parecía decidido a llenar los días, y las noches, de placer.

El tiempo era fabuloso y pasaban las mañanas en la playa, comían en restaurantes o cafés cercanos y luego iban de compras por las tiendas. Compró unos maravillosos chales de cachemir, preciosas blusas bordadas y collares de todo tipo.

Fueron al ballet, en el precioso teatro de la ópera, absolutamente diferente en arquitectura y decoración al hotel de Dubái, pero igualmente opulento.

–Europa está llena de maravillas como esta –le explicó Ari– y espero disfrutarlas contigo. Cuando vayamos a París, te llevaré a Versalles. Te quedarás asombrada.

Y cumplió su palabra. Durante los primeros seis meses de casados, Tina lo acompañó en muchos viajes por toda Europa: España, Italia, Reino Unido, Francia, Alemania. Todos eran viajes de negocios, pero Ari siempre encontraba tiempo para enseñarle las ciudades. Era el acompañante perfecto y, aparentemente, le gustaba pasar su tiempo libre con ella.

Tuvo que acudir a fiestas y cenas de trabajo que la ponían nerviosa, pero Ari nunca se apartaba de su lado. Además, le compró preciosos vestidos para que se sintiera siempre segura de su aspecto y le decía constantemente lo guapa que era.

Habían decidido instalarse en Atenas porque Tina quería estar cerca de su madre y, además, era más fácil que Theo pudiese estudiar en el mismo colegio privado que sus primos. Theo los acompañó en algún viaje, cuando no tenía que ir al colegio, pero en otras ocasiones se quedaba con la familia sin poner una sola pega.

Pero cuando Tina quedó embarazada, aunque se sentía feliz, las náuseas matinales del primer trimes-

tre eran tan horribles que no podía soportar la idea
de viajar. Aunque tampoco podía evitar angustiarse
cuando Ari tenía que irse solo.

Cuando volvía, siempre buscaba señales de que
estaba cansado de ella o de que había conocido a
otra mujer, pero siempre parecía encantado de volver a casa. Siempre estaba deseando acostarse con
ella.

Tina esperaba que su deseo desapareciera a medida que el embarazo cambiaba su cuerpo, pero
tampoco fue así. Ari se mostraba fascinado por todos los aspectos del embarazo y leía constantemente libros sobre el tema. Acariciaba su abdomen
e incluso hablaba con el niño, encantado cuando lo
sentía moverse. Siempre sonreía cuando la veía desnuda, como si le pareciese una imagen maravillosa.

Era evidente que tener hijos era importante para
él. Se había casado con ella por Theo y ser la madre
de su hijo la hacía especial para él. Si nunca se enamoraba de otra mujer, tal vez habría una oportunidad para ese matrimonio, y Tina esperaba con todo
su corazón que fuera así porque no podía controlar sus sentimientos por él.

El amor que había sentido por Ari una vez seguía
en su corazón, aunque intentaba esconderlo. El or-
gullo no le permitía expresarlo. A veces imaginaba
que Ari la amaba, pero no se atrevía a decirlo en
voz alta.

Estaba embarazada de ocho meses y deseando
que llegase el momento cuando el destino decidió
terminar abruptamente con su felicidad.

Estaba de compras con su madre, eligiendo algunos objetos decorativos para la habitación del niño, y habían tomado un taxi para ir a la peluquería cuando un camión que bajaba por una calle empinada y que parecía haber perdido los frenos se les echó encima. El camionero tocaba el claxon, con el rostro desencajado al ver que no podía evitar el accidente.

Eso fue lo último que Tina vio: su rostro. Y lo último que pensó fue: mi hijo.

Por instinto, se protegió el abdomen con las manos. Fue lo último que hizo antes de que el impacto la dejase inconsciente.

Ari no se había sentido más inútil en toda su vida. No podía hacer nada, tenía que dejárselo todo a los médicos, a sus conocimientos, a su habilidad. Estaba tan angustiado que apenas podía pensar mientras paseaba por la sala de espera del hospital.

Sus padres habían ido a Atenas para buscar a Theo y llevarlo con ellos a Santorini con la excusa de que Ari y Christina tenían que irse de viaje urgentemente. No tenía sentido disgustarlo con la noticia del accidente. Cuando hubiese que hablar con el niño, fuera cual fuera el resultado de la operación, lo haría él mismo.

Sus hermanas habían querido ir al hospital para interesarse por Christina y consolarlo a él, pero Ari les pidió que no lo hicieran porque nada podía consolarlo. Además, serían una distracción y no quería distraerse. Lo único que hacía era desear con todas sus fuerzas que Christina se pusiera bien. Tenía que hacerlo. No podía ni quería imaginar la vida sin ella.

Cassandra llegaría de Roma en unas horas para estar con su madre. Aunque Helen estaba bien; lo suyo solo eran hematomas sin importancia. Sus parientes estaban con ella en la habitación y le darían el alta al día siguiente.

La pobre estaba muy preocupada por Christina, todos lo estaban, pero Ari no quería escuchar lamentos ni ver lágrimas. Necesitaba estar solo hasta que los médicos salieran del quirófano para hablar con él.

Conmoción cerebral, una clavícula y dos costillas rotas, hematoma en el útero y en los pulmones, le habían dicho. Pero el corazón del niño seguía latiendo cuando llevaron a Christina al quirófano.

Por lo visto, un coma inducido era lo mejor para ella en aquel momento y los médicos le habían dicho que iban a practicar una cesárea. No era así como Christina había querido dar a luz, pero en esas circunstancias era lo más aconsejable.

Su segundo hijo.

Un hermano o hermana para Theo.

Los dos estaban ilusionados con aquel embarazo y lo habían compartido desde el primer momento. Pero ahora le parecía un evento abstracto... en manos de los médicos. Nada de alegría por el nacimiento de un niño sin madre a menos que Christina sobreviviera.

Y tenía que hacerlo, no solo por sus hijos, sino por él.

Era su mujer, el sol de su vida, y su corazón se

rompería si muriese. Solo pensar en ello hacía que sintiera una opresión insoportable en el pecho.

Uno de los médicos con los que había hablado entró en la sala de espera acompañado de una enfermera y Ari se acercó a él de una zancada, intentando contener su nerviosismo.

–Señor Zavros, la cesárea ha ido bien. Es usted el padre de una niña perfectamente sana.

–¿Y Christina?

–Su mujer sigue en el quirófano. La niña ha sido llevada a la UCI y, por el momento, seguirá allí unos días. Hemos pensado...

–¿Por qué? Ha dicho que estaba sana.

–Es una medida de precaución, señor Zavros. Es un bebé prematuro y, por lo tanto, debemos ser muy cautelosos. Lo mejor es que esté vigilada por el momento.

–Sí, claro –murmuró Ari, distraídamente–. Pero mi esposa... ¿va a recuperarse?

–Esas cosas no se pueden predecir, pero yo creo que hay muchas posibilidades. Los cirujanos están convencidos de que lograrán sacarla adelante a menos que haya alguna complicación... pero su mujer es joven y sana, señor Zavros. Eso es algo a su favor.

«Por favor, Dios mío, que no haya complicaciones», rezó Ari.

–Si quiere ver a su hija...

Su hija.

Verla sin Christina a su lado le parecía mal. Sentía como si tuviera un agujero en el corazón cuando debería estar emocionado... pero eso también estaba mal. Su hija acababa de llegar al mundo y debería ser recibida con alegría, al menos por su padre.

—Sí, por favor.

El médico lo llevó a la zona de maternidad y Ari vio a su hija en una incubadora conectada a varios cables. Parecía tan pequeña, tan frágil y, de nuevo, se vio asaltado por esa terrible sensación de inutilidad. Por el momento, no podía cuidar de Christina ni de su hija. No podía hacer nada. Tenía que dejarlo todo en manos de otros.

Ari sonrió al ver el pelito oscuro de la niña y sus labios perfectamente formados, como los de su madre.

—¿Quiere tocarla? —le preguntó una enfermera.

—Sí, por favor.

La enfermera sacó al bebé de la incubadora y, cuando Ari alargó la mano para tocar su manita, se llevó una sorpresa cuando ella agarró su dedo, abriendo unos preciosos ojos de color chocolate.

—Soy tu papá —murmuró. La niña suspiró, como si eso fuera lo que necesitaba escuchar—. Tranquila, chiquitina. Yo estoy aquí, contigo.

Pero también necesitaría a su madre.

Como la necesitaba él. Necesitaba a Christina, aunque no sabía lo que eso significaría para ella. Lo había aceptado como marido, pero no sabía qué sentía por él.

De modo que deseó que viviera para sus hijos, que eran lo que Christina amaba de verdad.

Su hijo y su hija.

Capítulo 15

SEIS semanas... habían sido las seis semanas más largas en la vida de Ari. Los médicos le habían explicado que Christina permanecería en coma hasta que el hematoma cerebral desapareciera y sus heridas hubiesen curado. También le habían advertido que cuando la sacaran del coma se sentiría desconcertada y necesitaría compañía constante y que alguien le explicase qué hacía allí y qué había pasado.

Para ella, según los médicos, seguramente los sueños que hubiera tenido durante ese tiempo le parecerían más reales que la propia realidad, de modo que debía ser paciente y comprensivo.

Y sería todo lo paciente que tuviera que ser mientras Christina volviese con él. Pero, aunque estaba mentalmente preparado para lidiar con cualquier cosa, fue un golpe cuando Christina despertó y lo miró como si no lo conociera.

Ari apretó su mano al ver que sus ojos se llenaban de lágrimas.

—No pasa nada, Christina. Todo va bien.

—He perdido el niño.

—No, no —le aseguró él—. Hemos tenido una preciosa hija. Está muy sana y Theo la adora. La hemos llamado Maria, tu nombre favorito de mujer, y se parece a ti.

Pero las lágrimas que rodaban por su rostro no cesaron.

Ari le habló del accidente y de la cesárea que habían tenido que practicarle. Christina lo miraba, pero tenía la impresión de que no estaba registrando nada de lo que decía y, después de unos minutos, cerró los ojos y se quedó dormida.

Al día siguiente, Ari llevó a Theo y Maria a su habitación, decidido a tranquilizarla por completo.

De nuevo, ella despertó murmurando:

–He perdido el niño.

–No lo has perdido, Christina. Aquí está.

Ari puso a Maria en sus brazos y volvió a explicarle el accidente y el nacimiento de su hija por cesárea. Theo, emocionado porque su madre había despertado al fin, no dejaba de charlar, contándoselo todo sobre su hermanita. Christina sonrió y seguía haciéndolo cuando cerró los ojos.

Pero todos los días ocurría lo mismo: ella despertaba, Ari le recordaba lo que había pasado y Christina volvía a dormirse. Empezaba a preocuparle que no se recuperase nunca. Hasta que saliera de esa especie de trance, era imposible saberlo.

De modo que se sentaba a su lado todos los días y rezaba para que se recuperase lo antes posible.

Le pareció un milagro que un día despertase y lo reconociera de inmediato.

–¡Ari! –exclamó, con tono alegre.

Su corazón se animó... para encogerse de nuevo cuando ella volvió a ponerse triste.

–He perdido el niño.

–No, Christina, has tenido una niña y está bien...

De nuevo, volvió a explicarle la situación y vio que ella esbozaba una sonrisa.

–Una hija –repitió Christina–. Qué bien.

–Es preciosa, como tú.

–¿Y Theo? –preguntó ella entonces, con el ceño fruncido–. ¿Llevo mucho tiempo aquí?

–Dos meses –respondió Ari–. Theo está bien, aunque echa de menos a su mamá. Pero se distrae con Maria, su hermanita.

–Maria... –Christina sonrió de nuevo–. Cuánto me alegro de no haberla perdido, Ari.

–Yo también me alegro. Pero sobre todo me alegro de no haberte perdido a ti –dijo él.

–Sí, claro. Imagino que eso hubiera sido... un inconveniente.

¿Un inconveniente?

Ari tardó unos segundos en darse cuenta de que Christina no sabía lo que significaba para él. Nunca se lo había dicho, en realidad.

–Mírame –le ordenó entonces, tomando su mano.

Christina lo hizo, pero no con confianza, sino con recelo, como desde el día que volvieron a encontrarse. Debería alegrarse de que por fin estuviera recuperándose pero, aunque sabía que debería ir despacio, el deseo de romper esa barrera era demasiado fuerte como para no contarle la verdad. Una verdad que no había reconocido hasta que tuvo que enfrentarse con la posibilidad de perderla.

–¿Recuerdas que una vez me preguntaste si había estado enamorado?

–Sí –respondió Christina, sorprendida.

–Te hablé de una mujer de la que estuve enamorado, pero no era más que un encandilamiento juvenil –siguió Ari–. No la amaba, Christina. No la conocía lo suficiente como para amarla. Pero contigo he aprendido lo que es amar a una mujer de verdad. Te quiero, Christina. Perderte habría dejado un agujero en mi vida imposible de llenar. No habría sido un inconveniente, habría sido la mayor tragedia de mi vida –Ari hizo una pausa para tomar aire–. Te quiero –repitió–. Por favor, por favor, no me dejes nunca.

–¿Dejarte? –repitió ella, incrédula–. Siempre he temido que tú me dejaras a mí.

–No podría hacerlo. Y, después de esto, te aseguro que no voy a dejarte sola ni un momento.

Christina sonrió.

–Yo me pongo nerviosa cuando no estás conmigo. Las mujeres te miran tanto...

–Pero ninguna me hace sentir lo que tú me haces sentir. Eres mi mujer, lo mejor del mundo para mí.

Tina quería creerlo, pero despertar de tan larga pesadilla y encontrarse con aquel maravilloso sueño era demasiado. Desconcertada, levantó una mano para tocarse la frente, como si así pudiese aclarar sus ideas.

–¡Mi pelo!

–No te preocupes, ya te está creciendo –le aseguró Ari–. Tuvieron que afeitarte para la operación.

Los ojos de Christina se llenaron de lágrimas. Se

lo había dejado largo después de la boda porque a él le gustaba, y recordaba que el accidente ocurrió cuando iba en taxi a la peluquería con su madre...

—¡Mi madre!

—Helen está perfectamente —le aseguró él—. Solo estuvo un día en el hospital. Todo está bien, Christina, no debes preocuparte.

—¿Quién cuida de los niños?

—El ama de llaves, tu madre, la mía, mis hermanas... te aseguro que no les falta compañía. Nuestra casa es como una estación de tren.

—Quiero volver a casa, Ari.

—En cuanto los médicos te den el alta.

—Pero quiero ver a mis hijos.

Él apretó su mano.

—Los traeré esta tarde al hospital si prometes descansar después. ¿De acuerdo?

—Sí, de acuerdo.

—Tu pelo no importa, Christina —dijo Ari, acariciando su frente—. Lo único que importa es que te pongas bien.

El cariño que había en su voz consiguió calmar un poco la ansiedad de Tina. Él lo tenía todo controlado... y había dicho que la quería.

En cuanto Ari salió de la habitación, entraron los médicos para tomarle la tensión y hacerle algunas preguntas. Y también ella tenía preguntas que hacer.

Cuando se marcharon, sabía que su marido la había visitado cada día, mañana y tarde, haciendo lo posible por consolarla cuando compartía sus pesadillas con él.

Los médicos no tenían la menor duda de que Ari la amaba.

Y Tina empezaba a creerlo.

Una hora después, Theo entró corriendo en la habitación y, al verla despierta, se lanzó sobre la cama.

–¿Puedo abrazarte, mamá?

Riendo, Tina se apartó para dejarle sitio en la cama.

–Yo también quiero abrazarte, cariño.

–Y aquí está mi hermana –anunció Theo, orgulloso, cuando Ari entró en la habitación con la niña.

Ari la puso en los brazos de su madre y Tina se sintió embargada de emoción al mirar la carita de su hija.

–Maria tiene más pelo que tú, mamá –señaló Theo.

Y Tina rio porque ya no le importaba que le hubiesen afeitado la cabeza.

–Tiene los ojos de tu mamá. Y sus labios –dijo Ari.

Tina lo miró con una sonrisa trémula y las palabras salieron de su boca sin que pudiera o quisiera evitarlas:

–Te quiero, Ari.

–He rezado mucho para que volvieras con nosotros, Christina –murmuró él, inclinándose para besarla en los labios–. ¿Has visto lo preciosa que es Maria?

Empezaba una nueva vida, pensó Tina. No solo para su hija, sino para ella, para Ari y para Theo.

Una familia unida.

Era lo que su padre había querido para ella.

Ya no habría más desilusiones. Lo tenía todo.

Era verano en Santorini y las dos familias se habían reunido para acudir al bautizo de Maria. La misma iglesia, el mismo salón de banquetes... pero para Tina era una ocasión mucho más feliz que su boda. Aunque la familia de Ari la había recibido desde el principio con los brazos abiertos, solo ahora se sentía parte de ella.

El bautizo de Maria fue una celebración de la vida y el amor. El sol brillaba y no había sombras entre Ari y ella. Ninguna, al contrario.

En cuanto la fiesta terminó y los niños se quedaron dormidos fueron a su dormitorio, pero antes de nada había una cosa que Tina necesitaba hacer.

–Quiero que lo rompas –le dijo, sacando el acuerdo prematrimonial de un cajón.

Ari frunció el ceño.

–No me importa el acuerdo, Christina. Quiero que te sientas segura.

–No, está mal –dijo ella, sacudiendo la cabeza–. Si me pidieses ahora que me casara contigo, no tendrías que firmar el acuerdo porque confío en ti. Estoy convencida de que nuestro matrimonio va a durar para siempre. Es así, ¿verdad?

Él sonrió, acariciando su cara.

–Sí, es así.

Tina rompió el acuerdo y abrió sus brazos y su corazón para él.

–Te quiero, Ari, y adoro a nuestra familia. Vamos a ser muy felices, estoy segura.

Riendo, él la tomó en brazos para dejarla sobre la cama y se colocó sobre ella, aunque apoyando su peso sobre un brazo.

–Vamos a ser muy felices porque te tengo a ti, cariño mío.

Tina alargó una mano para tocar su cara, con los ojos brillantes de amor.

–Y yo te tengo a ti.

Acepte 2 de nuestras mejores novelas de amor GRATIS

¡Y reciba un regalo sorpresa!

Oferta especial de tiempo limitado

Rellene el cupón y envíelo a

Harlequin Reader Service®
3010 Walden Ave.
P.O. Box 1867
Buffalo, N.Y. 14240-1867

¡Sí! Por favor, envíenme 2 novelas de amor de Harlequin (1 Bianca® y 1 Deseo®) gratis, más el regalo sorpresa. Luego remítanme 4 novelas nuevas todos los meses, las cuales recibiré mucho antes de que aparezcan en librerías, y factúrenme al bajo precio de $3,24 cada una, más $0,25 por envío e impuesto de ventas, si corresponde*. Este es el precio total, y es un ahorro de casi el 20% sobre el precio de portada. !Una oferta excelente! Entiendo que el hecho de aceptar estos libros y el regalo no me obliga en forma alguna a la compra de libros adicionales. Y también que puedo devolver cualquier envío y cancelar en cualquier momento. Aún si decido no comprar ningún otro libro de Harlequin, los 2 libros gratis y el regalo sorpresa son míos para siempre.

416 LBN DU7N

Nombre y apellido	(Por favor, letra de molde)

Dirección	Apartamento No.

Ciudad	Estado	Zona postal

Esta oferta se limita a un pedido por hogar y no está disponible para los subscriptores actuales de Deseo® y Bianca®.
*Los términos y precios quedan sujetos a cambios sin aviso previo.
Impuestos de ventas aplican en N.Y.

SPN-03   ©2003 Harlequin Enterprises Limited

DESEO

¿Serían capaces de fingir hasta llegar al altar?

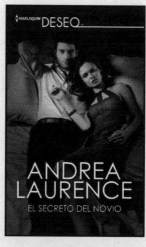

El secreto del novio
ANDREA LAURENCE

Para no asistir otra vez sola a la boda de una amiga, Harper Drake le pidió a Sebastian West, un soltero muy sexy a quien conocía, que se hiciera pasar por su novio. Fingir un poco de afecto podía ser divertido, sobre todo si ya había química, y nadie, ni siquiera el ex de Harper, podría sospechar la verdad. Lo que no se esperaba era que la atracción entre ellos se convirtiera rápidamente en algo real y muy intenso, y que un chantajista la amenazara con revelar todos sus secretos.

Bianca

**Su vengativa seducción...
¡los uniría para siempre!**

SEDUCCIÓN VENGATIVA

Trish Morey

Athena Nikolides tenía miedo a que alguien intentase apro-
vecharse de su recién heredada fortuna, pero el carismático
Alexios Kyriakos ya era multimillonario y la atracción entre ambos
era abrumadora. Tras haberse sentido segura con él, Athena se
quedó destrozada al descubrir que lo único que había querido
Alexios era vengarse por algo que había hecho su padre. No
obstante, cuando quedó al descubierto la consecuencia de su
innegable pasión, Alexios tuvo otro motivo más para querer que
fuera suya.